bendito e louvado,
conto contado
bend
este conto
vitória, vitória, casou-se a história
e a história
o luar é chegado e está o conto

Bendito e Louvado Conto Contado

Contos Populares Portugueses

ORGANIZAÇÃO DE
Benita Prieto

ILUSTRAÇÕES DE
Sofia Paulino

aletria

1ª EDIÇÃO – BELO HORIZONTE, JULHO DE 2022

Sumário

Prólogo
A tradição já não é o que era

Paulo Jorge Correia
Universidade do Algarve, Portugal

Cada geração, principalmente quando se aproxima do seu crepúsculo, olha para trás com saudade da sua juventude e exclama: «no nosso tempo é que era...» Como escreveu Camões, «Todo o mundo é composto de mudança /tomando sempre novas qualidades», sentindo o eterno devir das coisas. Cada nação tem, nas tradições populares, a garantia de uma continuidade cultural que a define e a distingue das demais. Estas tradições, passadas de geração em geração ao longo dos séculos, maioritariamente por via oral, chegaram ao século XXI ainda pujantes, mas encontram-se na inevitável necessidade de se adaptarem a um mundo dominado pela digitalização da cultura: escrita ou oral, erudita ou popular. A este fenómeno ainda se soma um outro – a globalização – que veio misturar o que antes estava (aparentemente) compartimentado. Relativamente aos contos de tradição oral, já há muito que se sabia tenderem para a universalidade, mas o seu uso, até agora, era da competência de qualquer indivíduo que tivesse aprendido essas estórias ao longo da sua vida, fruto da imersão cultural a que as sociedades tradicionais submetem as suas populações. Hoje, com o mundo rural em declínio e as lógicas urbanas a invadirem todos os recantos do globo, as práticas da narração oral alargaram bastante o leque das suas possibilidades: o suporte memorial que guardava relatos transmitidos de boca-a-orelha e que permitia, depois, a construção individual de novas versões de uma mesma história (mas sempre sujeitas à regra instituída pela tradição), passa hoje por diversas «memórias artificiais»: do papel à imagem digital. O estatuto social dos narradores também se modificou. Actualmente, quase nada escapa à influência do capitalismo de mercado e dos seus subprodutos sociais: as novas profissões, o individualismo, os nichos de mercado, etc. É neste enquadramento que começaram a surgir, já a partir de meados do séc. XX, os «movimentos de narradores urbanos» no mundo ocidental. A sua diversidade estilística e poética é enorme, e diversas são também as áreas artísticas em que se movem, desde o teatro às narrativas de autor, ou – aquilo que nos interessa aqui – o reconto das narrativas de tradição oral modificadas por diversas necessidades e sensibilidades artísticas.

Esta antologia reúne um conjunto de textos que são marcados, nos seus traços fundamentais, pela tradição oral portuguesa. No caso dos contos, todos eles podem ser classificados de acordo com o seu número de conto-tipo que o identifica na sua condição de pertença à tradição oral portuguesa e/ou internacional[1]. Em relação à lenda que se publica neste livro, dela também são conhecidas outras versões similares, embora em número indeterminado.

O pioneiro dos contadores profissionais em Portugal, **António Fontinha,** é também um importante coletor de contos tradicionais, conhecendo por dentro a nossa tradição oral. A sua escolha recaiu sobre o conto que é, de longe, mais popular em Portugal: «A Velha e o Lobo» (Marzolph *122F)[2] do qual se conhecem 156 versões portuguesas e 4 brasileiras. Embora a narrativa seja semelhante, no Brasil as personagens são outros animais, como o macaco, o

---

1 As classificações dos contos seguem o sistema internacional usado pelos especialistas em contos tradicionais. Cada nota de pé-de-página indica o catálogo específico usado em cada ocasião.

2 MARZOLPH, Ulrich (1984) – *Typologie des Persischen Volksmärchens*. Beiruter Texte und Studien, n.º 31. Beirute: In Kommission bei Franz Steiner Verlag, Wiesbaden.

jabuti ou a onça. Este conto é raro em termos internacionais, com a exceção do Irão (Pérsia), pelo que é possível pensar que este conto tenha vindo de Ormuz para Portugal no tempo das caravelas e a partir daí se tenha difundido pelas ex-colónias. Fontinha urde uma narrativa que segue a tendência maioritária das versões portuguesas onde surge uma velha e um lobo. Algumas versões (as brasileiras inclusive) afastam-se um pouco deste esquema, havendo nalgumas destas versões minoritárias a presença, por exemplo, de três animais predadores.

Fernando Guerreiro é um contador que costuma usar a guitarra para acompanhar as suas narrações. Também cultiva os micro-contos. Não é o caso da versão que narrou aqui, «A velha e a faveira», conto com dupla classificação (ATU 328A + 563)[3] da qual se conhecem 14 versões portuguesas e 1 brasileira (do primeiro tipo) e 39 portuguesas e 25 brasileiras (do segundo tipo). O conto começa com um episódio no qual o gigante é normalmente substituído por S. Pedro como doador de objetos mágicos. Este motivo transporta-nos para a segunda parte do conto onde o ladrão dos objetos é punido no final, acentuando o carácter de exemplo religioso que o conto possui.

3 ATU = UTHER, Hans Jörg (2004) – *The Types of International Folktales. A Classification and Bibliography*. FFCommunications, nº 284-286. Helsínquia: Academia Scientiarum Fennica. 3 vols.

Luzia do Rosário vem da área das bibliotecas, neste caso a biblioteca de Beja, onde surgiu o mais antigo festival de contos do país, e por onde passaram todos (?) os contadores desta antologia. A sua escolha recaiu sobre o conto «As duas Marias» (Ca-Ch 729A)[4] do qual se conhecem somente 3 versões portuguesas (além de 1 espanhola e outras 3 de judeus sefarditas). A narradora aproveita a trama simétrica para colocar em cena duas Marias, motivo habitual no conto da «boa e da má menina». A temática escatológica do conto talvez explique a escassez de versões conhecidas.

Elsa Serra traz-nos o conto d' «A filha do Rei Mouro» (ATU 313), com 73 versões portuguesas e 30 brasileiras conhecidas. Nesta narrativa, a personagem do diabo é substituída por um Rei Mouro que, no imaginário português, representa o «infiel», o inimigo dos cristãos do tempo da *Reconquista*, logo, assimilável à figura diabólica. Depois da formação do par amoroso, da fuga mágica e do esquecimento da noiva, surge o episódio onde a rapariga resiste ao avanço de outros pretendentes. No geral, a linguagem pauta-se por um certo ambiente galante de sabor medieval. Este é um conto complexo que na presente versão é aligeirado.

Miguel Horta, também editor de livros para

4 Ca-Ch = CAMARENA, Laucirica Júlio; CHEVALIER, Maxime (1995) – *Catálogo Tipológico del Cuento Folklórico Español. Cuentos Maravillosos.* Biblioteca Románica Hispánica IV, Textos 24. Madrid: Gredos.

crianças, escolhe uma outra narrativa de cariz escatológico, «O anel» (Car-Co 839*A)[5] com 4 versões portuguesas conhecidas. Sendo um conto maravilhoso devido às características mágicas do «anel», este conto reveste-se de um carácter jocoso que põe a ridículo as classes ricas /nobres e as suas tendências de casta. O conto acaba sendo exemplar para a escolha do príncipe que se decide pela beleza da rapariga, já que o «anel» lhe revela que em outros aspectos «todas as mulheres são iguais».

Jorge Serafim, também com antecedentes na biblioteca de Beja, é muito conhecido como humorista de *stand-up*. Reelabora a única lenda desta colectânea: «A lenda do Touro de Beja.» Na verdade, esta narrativa rejeita o tom das lendas, muito alicerçadas nas crenças, para se aproximar mais dos contos, nomeadamente no que toca ao uso dos símbolos, neste caso a «corrida do amor e da morte» entre o masculino-touro e o feminino-cobra.

De entre os narradores contidos neste livro, **José Craveiro** é talvez aquele que mais próximo está da tradição oral que o nutriu desde a infância. As suas versões provêm todas desta fonte, embora o contacto

---

5 Car-Co = CARDIGOS, Isabel; CORREIA, Paulo (2015) – *Catálogo dos Contos Tradicionais Portugueses (com as versões análogas dos países lusófonos)*. Faro / Porto: Centro de Estudos Ataíde Oliveira / Edições Afrontamento, 2 vols.

com o movimento dos narradores profissionais tenha modificado um pouco a forma como conta os seus contos. Neste caso, n' «As folhas da oliveira» (ATU 900C*), com 8 versões portuguesas conhecidas, nota-se bastante o linguajar popular, embora este esteja inserido numa narrativa escorreita e elegante. Apesar de ser um conto realista que visa escarnecer a figura do enganador que acaba enganado, o seu tom é jocoso e apologético da mulher que sabe defender-se com graça.

Rui Guedes narra aqui um conto que possui um título equívoco, «A lenda de D. Caio» (ATU 1640), com 17 versões portuguesas e 12 brasileiras conhecidas. De facto, não se trata – de todo – de uma lenda, mas sim de um conto, embora explicite bastante bem a condição laboral dos alfaiates e a fama que estes têm de ser medrosos. É também um conto positivo, uma vez que coloca o protagonista no papel do «herói acidental», que o transforma como pessoa e lhe permite a ascensão social. De resto, este é um desejo implícito em todos os contos tradicionais, o que mostra bem o ponto de vista das classes menos abastadas, onde em grande medida circulavam estas narrativas.

Bru Junça, como narradora de contos, recorre bastas vezes aos livros com imagens para enriquecer a sua performance verbal. A sua escolha para este livro recai sobre um conto de animais, «O galo e a coruja» (ATU 244), que conta com 3 versões portuguesas e 1 brasileira conhecidas. Como todos os contos desta categoria, os animais são investidos de características humanas, neste caso a vaidade do galo, e a ingenuidade dos outros animais, com particular destaque para a coruja, que é instrumental no convencer as outras aves a emprestar penas ao galo e a partir de aí ter de viver só de noite. É, portanto, também, um conto etiológico.

Ana Sofia Paiva costuma habitualmente reservar alguns momentos nas suas narrações para fazer uso da poesia cantada. Na sua escolha para este livro, «O menino que prendeu o tempo», que já foi um folheto de cordel, essa característica poética é bem visível, nos momentos onde a lírica irrompe, no trava-línguas intermédio e até na história em prosa. Ao tom poético soma-se o cariz filosófico da história, que se afigura como uma meditação sobre a vida, o tempo e o amor perante o olhar de uma criança em crescimento.

Carlos Marques, outro contador que gosta de se fazer acompanhar à guitarra, traz-nos o conto do «Pouco Juízo e a Morte» (AT 330D)[6], que possui 17 versões portuguesas e 4 brasileiras conhecidas.

---

6 AT = AARNE, Antti; THOMPSON Stith (1961) – *The Types of the Folktale. A Classification and Bibliography*. 2ª ed. rev. FFCommunications, nº 184. Helsínquia: Academia Scientiarum Fennica.

Neste caso, a personificação acontece em relação a traços de carácter humanos e até a um fenómeno natural: a morte. A história também possui um cariz etiológico, pois procura explicar a existência destes «personagens» no mundo. Este conto-tipo, contudo, costuma ser mais conhecido em Portugal com a Miséria personificada.

Sofia Maul situa a sua narrativa num recanto pitoresco da sua Ilha da Madeira, descrevendo e nomeando locais e nomes de pessoas, o que não costuma acontecer muito nos contos. Assim, as «Regras do bom viver» (ATU 1415), com 4 versões portuguesas e 10 brasileiras conhecidas, desvenda-nos um pouco o saber viver dos ilhéus e aponta este ao ouvinte como um exemplo a seguir, nomeadamente no plano da vida conjugal. De todos os contos apresentados nesta antologia, este é mais conhecido no Brasil do que em Portugal. O carácter folgazão do protagonista, sem preocupações em seguir regras muito apertadas e que apenas aproveita o momento presente, é um traço de carácter que talvez explique esta afinidade eletiva.

Valter Peres escolheu narrar um conto jocoso – ou se quiserem, uma anedota – para se fazer representar neste livro. «O tolo e as moscas» (ATU 1586) conta com 13 versões portuguesas e 1 brasileira conhecidas. Nele, toda a narrativa está ao serviço do momento em que acontece a acção que desencadeia o riso, ou melhor, a gargalhada. Este conto pertence a um género de narrativas normalmente breves, nas quais a sátira aparece de mãos dadas com a hilaridade. O tonto que só faz asneiras e a personagem que representa a autoridade, mas que é burlada e posta a ridículo, são um clássico.

Last but not the least, **Luis Correia Carmelo** atravessa mais uma vez o Atlântico mediado por um conto, para chegar ao Brasil em que cresceu. Possuidor de uma maneira *sottovoce* de contar de onde sobressai o seu sotaque (e também a sua inseparável concertina), este contador traz-nos «O figuinho da figueira» (ATU 780B), que possui 40 versões portuguesas e 20 brasileiras conhecidas. Este conto é muito popular de ambos os lados do Atlântico, mas hoje em dia sofre do politicamente correto, que pretende que a violência que nele existe não seja um factor positivo para as crianças. A má madrasta é aqui, como em tantos outros contos, o tema principal. Mas os pormenores poéticos da narração diluem, nesta versão, o aspecto sombrio da história, com o cuidado, porém, de não o censurar.

Para serem considerados tradicionais, no sentido estrito do termo, estes textos teriam de obedecer a vários postulados que codificam um estilo muito próprio, dos quais destaco a economia narrativa. Para um contador que já não faz parte da cadeia de transmissão tradicional, sentindo a sua imaginação à solta, surge logo a tendência para usar a criatividade e uma linguagem mais de acordo com um nível de escolaridade diferenciado. Mas, se pensarmos melhor, não aconteceram sempre mudanças ao longo dos tempos?

Pois é, a tradição já não é o que era... *eppùr si muòve*!

A Lenda do Touro e da Cobra

(A Lenda da Cidade de Beja)
contado por Jorge Serafim

Há muito muito tempo, quando as coisas que aconteciam não se perdiam, pois guardadas ficavam na lembrança das pessoas, ocorreu numa cidade muito antiga a sul de Portugal, que tinha o nome de Beja, um caso tão marcante e importante que ainda hoje é contado pelas gentes que nela habitam.

O que foi a verdade, o que foi a mentira, ainda hoje não o sabem. O que mais interessa é que de boca em boca, com mais ou menos ponto, se foi costurando uma narrativa tão marcante na história da cidade que nos dias que correm e nos outros que virão, ficou conhecida como «A lenda do touro e da cobra».

Era um dia como os outros, não sei se chovia, se sol fazia, se o vento soprava, se o céu enevoava. Diz que havia, pelas ruas da cidade, homens, mulheres e crianças. Os comerciantes enchiam as manhãs e as tardes, vendendo artigos de toda a qualidade. Havia legumes, frutas, flores, tecidos, peles, azeite, vinho, sapatos, botinas, essências para a beleza, enfim... Mercadoria de toda a qualidade e feitio. Depois, os clientes acrescentavam as suas vozes ao corrupio das ruas regateando todo e qualquer preço, esticando as moedas que possuíam até não mais ser possível. E assim se renovava a vida na sua azáfama diária.

Mas nem todo o dia é alegre, nem toda a noite é triste. Contam os mais antigos que, num bosque situado perto da cidade, apareceu, sabe-se lá de onde, uma cobra tão grande quanto o medo que dela tinham. Uns diziam que se aproximava tão cautelosa e sorrateira dos animais para os caçar que nem o silêncio, dela, dava notícia. Outros, que possuía uns olhos cor de fogo capazes de hipnotizar o vento. Nem uma brisa soprava! Certa era a preocupação crescente que o monstro causava no seio da população. A insegurança instalara-se a olhos vistos, os animais desapareciam, ninguém se atrevia a ir trabalhar para o campo. A terra ficou sem amanho. As pessoas viram-se rodeadas de medo e de fome.

Uma noite, ao redor de um lume de chão, reuniram-se os mais velhos a fim de encontrarem uma solução para o problema que os atormentava de sobremaneira. Enquanto as chamas crepitavam, entre si ateavam conversa, somente possível a quem há muito carrega no corpo todos os caminhos que caminhou, todas as pessoas que amou, todo o conhecimento que aprendeu, todo o ensinamento que bebeu. Dizem que durou muito aquela reunião, estendeu-se até ao espreitar da madrugada. Foram muitas as ideias acesas e, de todas elas, a mais consensual foi sugerida por um dos membros do conselho: «Se envenenássemos um animal de grande porte e o enviássemos para o bosque onde vive a serpente, esta, de certeza, que o iria atacar, mordendo-o. Quando o fizer, ingerirá o veneno e assim também nela fará efeito!»

Para enfrentar tal desafio, escolheram o único capaz de o fazer, um enorme e magnífico touro. A urgência assim o indicava, seria necessário sacrificá-lo para devolver a tranquilidade aos dias que dão sentido às suas vidas. Prepararam a poção, deram-na a tomar ao bicho e, depois, alguns voluntários, não muitos – eram mais as pernas tremidas do que as decididas – encaminharam-no para o local onde se suspeitava que a cobra se acobertava. Imediatamente regressaram e aguardaram ansiosamente pelo desenrolar dos acontecimentos que teimavam em não acontecer. Pois que um silêncio demorado, só interrompido pela batida dos corações ansiosos, teimava em permanecer.

No local onde fora abandonado, o touro ouvia-a resfolegar na erva, perto, cada vez mais perto, o círculo apertava-se, pressentia-o, mas a escuridão da noite não desvendava o inimigo. Incomodado, esfregava a pata traseira na terra. Saltavam grãos e torrões em todas as direcções. Ouvia-a roçagar no terreno, parou, ficou um silêncio amplo a pairar sobre o touro, a suspender o futuro. Nem o medo das pessoas se expressava num grito, num ulo, numa exclamação, num brado, num guincho, num urro, numa pergunta ou numa resposta. Só omissão de som e de coragem.

A cobra observava-o a redobrar atenções, enquanto lhe apertava maliciosamente o cerco. Diminuía o raio para acabar com o diâmetro que os separava. Era belo, digno, pelo negro de veludo luzidio, macho, viril, quadris musculados, chifres imponentes, nobre... Um Deus desejado. Quis vê-lo de frente, ergueu-se para que os olhos se nivelassem com os dele. Ele petrificou, os dela dilataram de excitação. Eram encantadores, áureos, excessivamente brilhantes, hipnotizantes.

Por breves instantes, o touro esqueceu-se do veneno que lhe deram. Por breves instantes, ela esqueceu-se que era uma bicha venenosa. Enroscou-se no seu corpo negro, deslizou pela sua pele macia, as suas escamas massajaram-no, nas patas dianteiras, nas patas traseiras, delongando-se inebriada na sua virilidade, depois em todo o seu tronco, por fim na cabeça e nos chifres aguçados. Sem ela saber, o seu deleite acelerava a circulação do veneno pelas veias do macho. Ao primeiro abanão do coração, o touro despertou da sua letargia e, num gesto repentino, virou a cabeça e com os chifres espetados na barriga da cobra sacudiu-a violentamente, arremessando-a para a terra, indo a sua cabeça bater numa pedra, ficando esta prostrada no chão.

Agora era ele que a contemplava. Era bela, esguia, torneada, esbelta, comprida. De olhos fechados parecia um anjo traidor, atraente e fascinante. Um precipício para o qual se abeira uma ilusão. Achegou-se a ela e, com a boca, afagou-lhe continuamente a pele escamosa em toda a sua extensão. A cobra apercebeu-se que um beijo quente e sequente a percorria em todo o seu sofrimento. Parecia que o envenenado a chamava para a vida, que a fraqueza maior deste seria a de assistir à sua inércia final. Ele ininterrupto, sem nunca descolar os lábios grossos, provava a textura do carácter da bicha.

Despertou.

Assim que ela reabriu os olhos, inflamados e ensanguentados, o touro recuou. A cobra serpenteou entre as patas dianteiras deste, desenhando um nó, um aperto que o desequilibrou e o fez cair no solo. O touro manejava a cabeça de um lado para o outro. Defendia-se tentando atingir novamente o corpo esguio da cobra. Ela esquivava-se como podia. Ele, no desespero, não media as forças que lhe restavam, o medo não lhe permitia gerir as reservas que ainda possuía. Desgastava-se, enfraquecia devido aos efeitos da maligna poção. Ela de barriga aberta derramava um fino fio de sangue sobre o dorso do negro touro. Reergueu-se num último esforço, e assim se manteve afastada das cornadas do Deus desejado. Aguardava... assoberbava-se perante a morte iminente. O veneno paralisou os membros do macho. Estava à sua mercê. Viu-a de soslaio a abrir as mandíbulas, tinha uma expressão feroz, impiedosa e cruel. Uma deusa na escuridão! Sentiu a mordidela... Sangue com sangue, veneno com veneno, dor com dor. Estrebuchou. O debate era apenas com a morte, a vida já o combate a resolvera. Esperneou as últimas forças, sucessivas convulsões resignavam-lhe as razões para ainda se manter à tona. Mas quando ela contactou com a peçonha que se alastrara no corpo do macho, rapidamente se apercebeu que em si também se propagara o mal. O primeiro efeito foi um baque que a sacudiu e a projectou para o solo. Não muito longe do varonil de dois chifres. A vencedora, também ferida das investidas do seu adversário, na terra que a viu rastejar, mais força não teve para reerguer outra vez o seu assombro. Lentamente, fechou os olhos, enquanto observava o animal que a enfrentou. Era enorme, digno! Belo!

Ouviram-se passos e vozes em crescendo, o povo, enquanto se aproximava, moderava medos e encurtava receios. Rodearam o campo de batalha, em silêncio, mantiveram-se durante algum tempo a descortinar se a cilada que armaram para a cobra surtira efeito. Avaliaram cautelosamente o cenário, diagnosticaram bichos de olhos abertos e de corpos amortecidos. Olhavam uns para os outros aguardando que alguém se arriscasse a lançar a primeira coragem. Como ninguém se afoitava, foi intuitivo, antes que o medo do medo voltasse à carga, em simultâneo, num ápice, aproveitando a debilidade da cobra, desferiram o golpe final, munidos de todas as armas que possuíam. Eram facas, eram espadas, eram alfaias, eram pedras e punhais... Era o medo a ser despejado do espírito de cada um. A tensão acumulada ao longo de tantos meses retesara todos os músculos do corpo das pessoas. Os sintomas apontavam todos na mesma direcção. Tudo por causa das noites sem pregar olho, do descanso que não vinha, do sossego que partira. Agora era o medo a sair pelos poros da pele. A libertar-se perverso numa facada, numa pedrada, num volteio de espada, numa raiva incontrolada, na retaliação descarada. Era acreditar que, depois desta morte, a normalidade regressaria. Que novamente as portas da cidade se abririam para que a esperança circulasse às horas que entendesse.

O touro, de olhos flamejados, observava a agonia da bicha. Cada golpe que ela sofria, contagiava-o também. A dor dela, a infecção dele. Quando ela os fechou, ele também os encerrou. Quando ela recebeu a morte, ele encerrou relações com a vida. Quando ele parou de respirar, ela também parou de existir.

Desde então, como forma de agradecimento e de futura protecção, o povo mandou esculpir em pedra maciça cabeças de touro, que foram colocadas nos torreões das muralhas que circundavam a cidade, com o objectivo de afastar todos os males que surgissem.

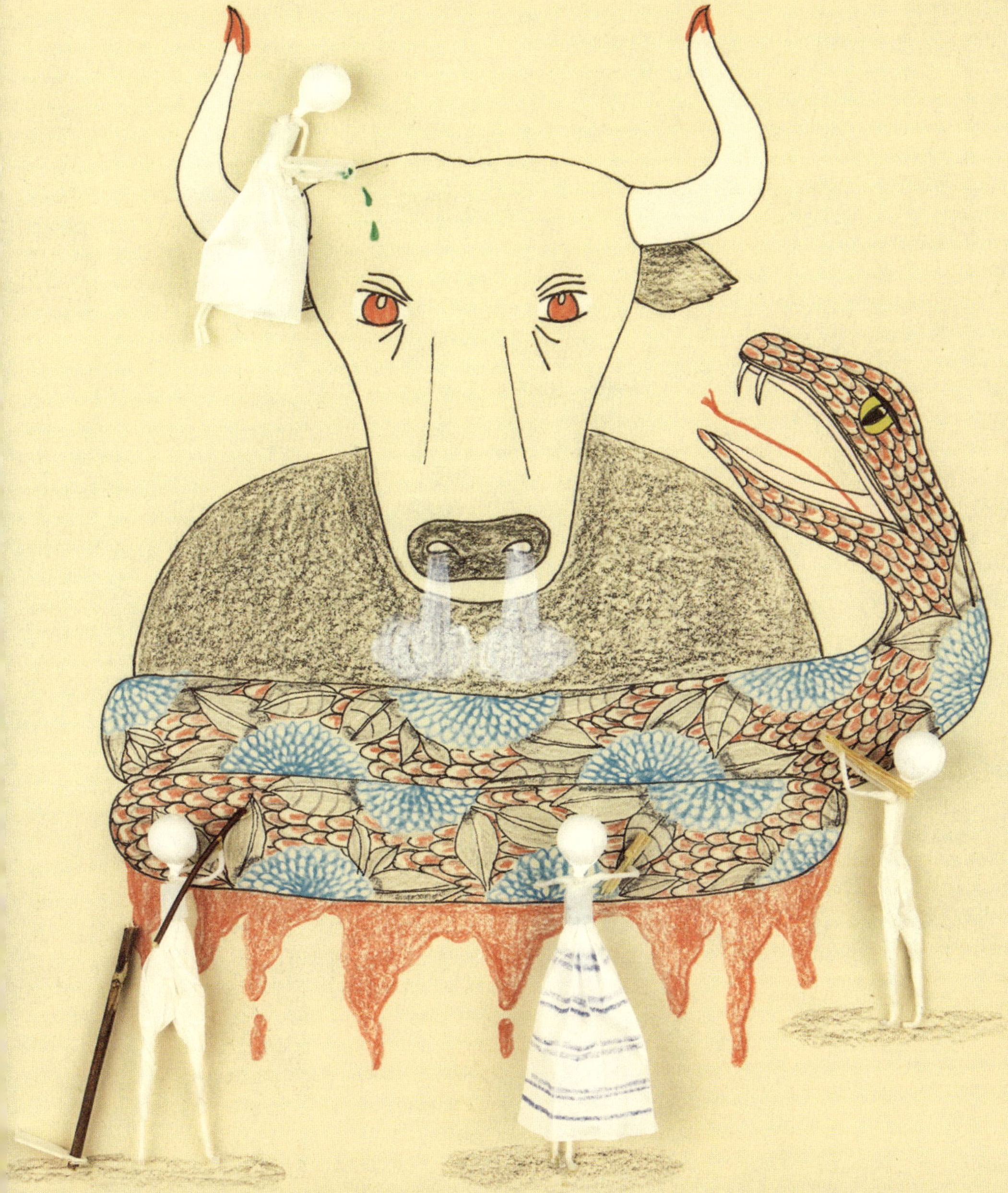

A Velha e o Lobo

contado por António Fontinha

Aquela mulher gostava muito dos filhos, mas a luz dos seus dias eram os netos. Dentre os netos, encantava-a uma menina que fazia neste dia 6 anos. Não podia faltar à festa na casa da filha, mas tinha que levar isto e mais aquilo; acabou por se atrasar.

Meteu-se pelos matos a cortar caminho e lá foi subindo a serra, até que se sobressaltou com um ruído. Olhou para trás, nada. Já ia inquieta, quando o ruído lhe apareceu pela frente.

— Ai, senhor Lobo, que me assustou.

— Vou-te comer, velha.

— Não faça isso, senhor Lobo!

— Tem de ser, que a fome é muita. Encomenda a tua alma que abalas hoje.

— Credo! Então quer comer uma velha magrinha como eu? — E como o lobo nada respondesse, suspirou conformada e lá disse: — Já que chegou a minha hora, senhor Lobo, dê-me ao menos a caridade de ir à festa da minha netinha. Despedia-me dos meus e há lá tanto de comer que até venho mais gordinha.

Bem via o lobo a fraca refeição que ia fazer e, na esperança de mais qualquer coisinha, lá disse:

— Posso-me fiar em ti, velha? Prometes que voltas?

— Ai, senhor Lobo, até lhe dou a minha palavra de honra!

O lobo deu-lhe passagem, e a velhinha abalou a tal velocidade que foi a primeira a chegar à festa. Ninguém estranhou a felicidade que irradiava, todos sabiam quanto queria aos netos. Comentaram alguns que até parecia uma criança... Mas tudo tem fim e ela lá se foi despedir do genro e da filha. Por último, despediu-se da neta, só que a menina, quando a velhinha a beijou, sentiu:

— Ó avó, por que é que estás triste?

— Porque não te volto a ver — disse a velha, incapaz de mentir.

— Por que, avó?

— Porque há um lobo que está à minha espera, para me comer.

— Então não vais, avó. Ficas aqui na casa da mãe.

— Não pode ser, filhinha. Dei a minha palavra de honra, prometi ao lobo que ia.

A menina compreendeu, baixou a cabeça e depois teve uma ideia. Deu a mão à avó e disse-lhe:

— Anda avó, vem comigo.

Foram até um barracão onde o pai guardava as coisas do trabalho no campo e, perante a estupefacção da avó, a menina auxiliou-a a entrar por um buraco que havia no fundo de uma gigantesca cabaça.

— O pai fez uns buracos aí em cima, e assim tu vês o caminho. Escondida, dentro da cabaça, o lobo já não te conhece.

A velha fez fé na ideia e lá foi a correr pela serra abaixo. No mato, o lobo maldizia a sua boa-fé: «Queres ver que a velha não vem? É por ser tão bruto que hei de morrer à fome!». Até que deu com a cabaça que vinha pelo caminho abaixo.

— Alto lá, cabaça! Viste por aí uma velha?

A mulher estremeceu, e como a cabaça não respondesse, o lobo irritou-se.

— Mau! Se não me respondes, racho-te. Viste ou não viste a velha?

— Não vi velha nem velhinha,
Não vi velha nem velhão,
Corre, corre, cabacinha,
Corre, corre, cabação.

— Ai o raio da velha que faltou à palavra! Desanda, cabaça.

A mulher correu quanto pôde e, só depois de se enfiar em casa, exclamou:

— Ai, minha rica netinha! Quem diria que havias de me livrar do lobo?

E bendito e louvado,
Está este conto contado!

O conto «A velha e o lobo» é um dos pilares do meu imaginário. É uma das poucas histórias que tenho memória de ter escutado em criança. Quem ma contava era a minha mãe, Esmeralda de Magalhães Cruz Fontinha, nascida em 1935, que também o tinha ouvido em criança. A diferença, substancial, é que a minha mãe ouviu esse conto em Trás-os-Montes, região de Portugal onde o lobo ibérico continua a viver em alcateia, enquanto eu já o escutei a milhares de quilómetros de distância, na Lunda, em Angola, onde nunca existiram lobos.

Quando, há trinta anos, já em Portugal, comecei a levar a sério o ato de contar histórias e a fazer recolha de contos tradicionais, por todo o país ouvi dezenas de versões desse conto. Compreendi então que era um dos contos de maior popularidade da tradição oral portuguesa, e o que me surpreendeu foi descobrir que, para o catalogarem, Isabel Cardigos e Paulo Correia[7] *tiveram de recorrer a um catálogo de contos persas*[8].

---

7 CARDIGOS, Isabel; CORREIA, Paulo (2015) – *Catálogo dos Contos Tradicionais Portugueses (com as versões análogas dos países lusófonos)*, Faro / Porto, Centro de Estudos Ataíde Oliveira / Edições Afrontamento, 2 vols.

8 MARZOLPH, Ulrich (1984) – *Typologie des Persischen Volksmärchens. Beiruter Texte und Studien*, n. º 31. Beirute: In Kommission bei Franz Steiner Verlag, Wiesbaden.

A Filha do Rei Mouro

(Conto da Estremadura e Algarve)
contado por Elsa Serra

Há muito e muito tempo havia um Rei Mouro, que tinha duas filhas. A mais nova queria muito aprender religião e o empregado do rei ensinava-a às escondidas.

Numa noite, a irmã mais velha viu-a sair do quarto do empregado, e disse-lhe:

— Deixa estar, mana, que o pai há de saber tudo.

— Ai, princesa! — disse o empregado. — Se o rei sabe que a sua irmã anda a aprender a rezar comigo, estamos perdidos.

— Não tenhas medo; levanta-te de madrugada, prepara dois cavalos e vamos para a tua terra — disse a irmã mais nova.

Assim fez; ela encheu três sacos, um de cinza, outro de sal e outro de carvão, e foram ambos por esse mundo fora. Quando o rei soube da fuga, mandou os seus soldados apanharem o empregado e a sua filha, e que os matassem onde quer que os encontrassem. A cavalaria correu a toda a força, e estava já quase a apanhá-los, quando o empregado olhou para trás e gritou:

— Ai, Princesa! Estamos perdidos.

— Não tenhas medo.

E a princesa despejou o saco de cinza e fez-se logo um nevoeiro tão cerrado que os soldados não conseguiram dar nem mais um passo, e voltaram para trás a dizer ao rei:

Armou-se-nos tamanho nevoeiro,
Que não víamos caminho nem carreiro.

O rei mandou-os avançar de novo e que lhe trouxessem a princesa e o empregado presos.

— Ai, Princesa! Estamos perdidos! — disse o empregado, ao ver a cavalaria quase a alcançá-los.

— Não tenhas medo.

E despejou o saco de sal, e fez-se logo ali um grande mar, que os soldados não puderam atravessar. Voltaram outra vez para trás e foram dizer ao rei:

Real senhor, achámos um grande mar,
Que os cavalos não puderam passar.

O rei deu outra vez ordem para irem agarrar a filha e o empregado.

O empregado olhou para trás:

— Ai, Princesa! Estamos perdidos.

— Não tenhas medo.

E despejou o saco do carvão, e logo se fez uma noite muito escura, com grandes trovoadas e relâmpagos. As tropas voltaram, e foram dizer ao rei:

Real senhor, fugimos em debandada
Com tantos raios e tamanha trovoada.

O empregado já estava perto da sua terra, e a princesa disse-lhe:

— Eu salvei-te da morte, mas ao chegarmos à tua terra já não te vais lembrar mais de mim.

E assim aconteceu. Ela tanta tristeza sentiu que se vestiu de viúva, e abriu uma estalagem para trabalhar e poder morar. O empregado convidou três amigos, e disse-lhes:

— Havemos de ir cada um por sua vez pernoitar àquela estalagem.

Foi o primeiro, e disse que desejava ficar ali naquela noite. A estalajadeira disse que sim. Ele ficou muito contente. Quando foi para o quarto, começou a despir-se e a vestir-se, a despir-se e a vestir-se, e ficou nisto até de manhã, até ficar muito cansado. Assim que o dia nasceu, a estalajadeira, que tinha visto tudo do andar de cima, disse-lhe que se pusesse no meio da rua, porque tinha estado a fazer zombaria da sua casa. Veio o segundo, e também pediu para pernoitar. Levou toda a noite a despir e a vestir a camisa, sem poder parar. Pela manhã também foi posto fora com igual descompostura. Veio o terceiro. Pediu para pernoitar, e ela deu-lhe licença. Quando se ia deitar, disse que tinha muita sede:

— Pois vá ao quintal, e tire água daquele poço.

Toda a noite o pobre do homem esteve a dar à nora, e só quando amanheceu é que apareceu a estalajadeira, que o fez parar e o pôs fora, dizendo que tinha vindo fazer zombaria da sua casa. Chegou o quarto amigo, e também pediu para pernoitar; ficou muito contente com a licença, porque os outros guardaram sempre o segredo do que lhes acontecera. Quando a estalajadeira estava deitada, disse:

— Ai, que me esqueci de fechar a porta da rua.

E toda a noite o hóspede andou para cá e para lá a fechar a porta da rua, até que pela manhã estava estafado, e a estalajadeira o pôs fora, por lhe querer partir a porta.

Os quatro amigos reuniram-se e contaram uns aos outros o sucedido, mas ainda assim o empregado, que era um deles, não se lembrava nem por nada da amante que abandonara com tanta ingratidão.

Ele estava para casar, e na sua terra, segundo o costume, dava-se um jantar três dias antes do casamento a todos os vizinhos. Foi também convidar a estalajadeira viúva. Ela foi ao jantar. Quando estavam todos à mesa, combinou-se que cada um contaria a sua história:

— A senhora, apesar de estar com esse desgosto, há de também contar o seu conto.

A estalajadeira pediu que lhe apresentassem duas tigelas; bateu com uma na outra, e apareceram um pombo e uma pomba. E disse a pomba:

— Não te lembras quando me ensinavas a rezar às escondidas de meu pai?

Disse o pombo: — Lembro-me.

— E não te lembras quando minha irmã disse que ia contar tudo ao pai, e que exclamaste: «Ai, que estamos perdidos?»

E assim foi perguntando, e o pombo respondendo a tudo o que se tinha passado com a filha do Rei Mouro. Só ao fim de muitas perguntas é que os convidados começaram a reparar no que aconteceu com os quatro amigos, e o camarista conheceu a sua ingratidão: — Real senhora, eu é que sou esse esquecido, e já desfaço aqui este casamento, para receber quem por mim deixou pai e mãe e a sua terra.

A Velha e a Faveira

contado por Fernando Guerreiro

Num lugar longe de todos os lugares, numa serra, num lugar com poucas casas, uma velhinha vivia com muito pouco. O tempo ia passando e cada vez ela tinha menos. Como não chovia há algum tempo, a comida foi-se acabando até que chegou um momento em que apenas tinha uma fava. Uma pequena fava que lhe levantou uma questão: comer a fava e acaba-se ali a comida ou semear a fava e assim conseguir ter mais favas para comer.

A velhinha pensou, pensou, pensou, até que decidiu plantar a fava. Cuidou daquela faveira com tanto carinho como se de um filho se tratasse. Nutriu a terra com água e esperança. Não tardou muito para que da terra brotasse uma planta forte e saudável que crescia a olhos vistos. A planta crescia, crescia, crescia, mas dela não saía uma só vagem, apenas folhagem. E a faveira cresceu, cresceu, cresceu até que tocou as nuvens e subiu para lá do que a vista alcançava.

A velhinha continuou a cuidar da sua faveira, mas, a cada dia que passava, tinha mais fome e já não lhe sobrava nada para comer. Até que um dia, vinda do céu, soou uma voz grave como um trovão que disse: — Oh! velha! Vem cá acima, velha! A velhinha ficou confusa, mas a voz insistiu: — Sobe pela faveira e vem cá acima, velha!

Não havia nada pior que aquela fome e, apesar de lhe dar medo de subir, se era para morrer lentamente, mais valia experimentar a subir e, se por acaso caísse, ao menos deixava de sofrer. Então, fazendo uso das últimas forças que lhe restavam, a velhinha subiu (ou amarinhou, como se diz no Alentejo) pela faveira até passar para lá das nuvens. E, tal não foi o seu espanto, quando lhe apareceu à frente um gigante. Uma criatura enorme que lhe disse que a via desde lá de cima e que sabia que ela estava a passar muita fome. Assim, tinha para lhe oferecer uma toalha de mesa. Sempre que tivesse fome, apenas tinha de dizer «Põe-te, mesa» e, logo ali, teria fartura de comida e nunca mais passaria fome. A velhinha agradeceu e desceu pela faveira até à sua casa. Como se costuma dizer: *Para baixo todos os santos ajudam*, e rapidamente chegou a casa. Fechou portas e janelas, colocou a toalha em cima da mesa e disse: — Põe-te, mesa! — Tal como prometido, a mesa ficou repleta de comida. Os melhores pitéus estavam ali diante da velhinha, que comeu e matou a fome, que era imensa. Só que aos pobres não pode acontecer nada de bom, que vem logo algo mau para lhes mostrar que a vida é tudo menos fácil. Bateu à porta um carteiro que entregou uma carta das Finanças, e já sabemos que uma carta das Finanças é como um carrasco que nos coloca uma lâmina no pescoço. A velhinha não teve outro remédio senão ir à vila mais próxima para resolver aquela situação. Como tinha medo que alguém lhe entrasse em casa e lhe roubasse a toalha oferecida pelo gigante, foi pedir ajuda à vizinha mais próxima. A vizinha era uma coscuvilheira que se metia na vida de toda a gente e que ninguém queria ter por perto. Mas a velhinha até gostava da vizinha. Era a que morava mais perto dela e nunca lhe tinha feito mal. Então disse: — Vizinha, tenho de ir à vila. Peço-lhe que me guarde esta toalha e, por favor, não diga em nenhuma circunstância «Põe-te, mesa!». A vizinha garantiu que não faria tal coisa, que fosse descansada que a toalha estaria bem guardada.

Mal a velhinha se fez ao caminho, a vizinha fechou-se em casa e disse: — Põe-te, mesa! — E, tal como acontecera com a velhinha, logo ali apareceram os melhores petiscos em cima da mesa. Por sorte da vizinha e azar da velhinha, a mulher tinha em casa uma toalha exactamente igual. Quando a velhinha regressou, vinha cheia de fome e pediu a toalha de volta. A vizinha deu-lhe a toalha falsa e lá foi a velhinha para casa matar a fome. Colocou a toalha em cima da mesa e disse as palavras mágicas, mas nada aconteceu. A velhinha assumiu que talvez fosse porque a toalha apenas funcionava uma vez, e lá foi roer umas côdeas de pão que lhe restavam e deitou-se para aguentar melhor a fome.

No dia seguinte, novamente se ouviu a voz do gigante a ordenar que subisse pela faveira. A velhinha subiu. Quando chegou junto do gigante, este disse que tinha para ela um saco. Sempre que necessitasse de dinheiro, apenas tinha de dizer «Enche-te, saco!», e o saco encher-se-ia de dinheiro. A velhinha desceu, fechou-se em casa e ordenou ao saco que se enchesse, e este encheu-se tal como dissera o gigante. Encheu-se até fazer *cagulo* (que é o que se diz no Alentejo quando algo se enche para lá do seu limite). Mas, não tardou muito até que o carteiro voltasse a bater à porta para entregar, uma vez mais, uma carta das Finanças. A velhinha não teve mais remédio que ir novamente à vila e, tal como fizera antes, foi pedir à vizinha que lhe guardasse o saco. Antes de sair, disse: — Olhe, vizinha. Peço-lhe que faça o que fizer, não diga: «Enche-te, saco!» A vizinha garantiu que não o faria e que guardaria muito bem o saco. Assim que a velhinha saiu, a vizinha fechou-se em casa e disse as palavras mágicas. O saco encheu-se de dinheiro. Por sorte da vizinha e azar da velhinha, havia ali um saco igual. Tal como da primeira vez, quando a velhinha regressou, a vizinha deu-lhe o saco falso. Escusado será dizer que, quando pediu ao saco para que este se enchesse, este não se encheu.

Ao terceiro dia, o gigante voltou a chamar e a velhinha tornou a subir. Então, o gigante disse que não tinha nada mais para lhe dar senão um pau. Quando a velhinha necessitasse de se proteger, bastaria dizer: «Vara, pau!», e o pau começaria a bater. Quando quisesse que o pau parasse, deveria dizer: «Para, pau!», e o pau pararia.

Como não há duas sem três, o carteiro voltou a trazer uma carta das Finanças e a velhinha teve de ir à vila. Antes, foi à casa da vizinha e pediu-lhe que lhe guardasse o pau e que nunca dissesse a frase: «Vara, pau!». A vizinha garantiu que não o faria e a velha partiu. Foi-se embora e esqueceu-se de dizer como parar o pau. Pois bem, assim que a vizinha disse as palavras mágicas, o pau começou a bater na mulher, a partir mesas, cadeiras, pratos, copos e tudo mais que encontrava por diante.

Quando a velhinha regressou da vila, deu com a vizinha caída no chão, cheia de sangue e nódoas negras. A velhinha exclamou: — Para, pau! — E, de imediato, o pau parou e ficou caído no chão. A vizinha arrastou-se e desapareceu para nunca mais ser vista.

A velhinha reparou que num canto da casa estavam a sua toalha de mesa e o seu saco ainda cheio de dinheiro. Pegou neles e levou-os para casa.

Diz-se que a vizinha nunca voltou a casa com medo daquele pau assombrado que quase a matou e também se conta que por aquelas terras nunca mais faltou comida nem dinheiro para os mais necessitados.

Nota: este conto foi ouvido por mim pela primeira vez em 2012, pela voz da narradora Patrícia Amaral (Tixa) durante o festival Maré de Contos, em Tavira.

As Duas Marias

contado por Luzia do Rosário

Era uma vez duas meninas que eram muito amigas, onde ia uma, lá estava a outra. Apesar de uma ser pobre, a Maria Rita, e a outra ser rica, a Maria Luísa, as meninas gostavam muito da companhia uma da outra.

Estavam as duas Marias em idade casadoira, sendo que cada uma já tinha o seu namorico. A Maria Luísa foi à casa da amiga para lhe levar um convite para a sua boda. Maria Rita estava muito feliz pela sua amiga, mas um rasgo de tristeza transformou o seu olhar. A sua amiga, percebendo que algo a preocupava, perguntou-lhe:

— O que tens tu? Não estás feliz com o meu casamento?

— Estou tão feliz, amiga! Só que… tenho medo de fazer má figura na tua festa. Nem tenho um vestido apresentável. Talvez o melhor seja eu não ir.

Maria Luísa olhou para a sua amiga e deu-lhe um grande abraço, dizendo ao ouvido:

— Fica descansada, tenho um presente para ti! E vou-te ensinar como deves estar à mesa.

E assim foi. Maria Rita aprendeu como se comportar à mesa.

E quando o grande dia chegou, ela parecia uma princesa, pois a sua amiga tinha-lhe oferecido um vestido lindo.

Quando Maria Rita entrou no salão e viu aquelas mesas repletas das melhores iguarias... ela nunca tinha visto tanta comida junta. E o cheiro...

Comeu salgados, juntou doces e picantes... Foi tanto ou tão pouco que a pobre barriguinha começou a fazer uns barulhos estranhos.

Bluuurrr... bluuuuurr

Bluuuuurrr... bluuuurrr... bluuuuurr

E cada vez mais alto!

Até que ela não conseguiu se conter mais e... Prooooo!!

Deu um peido no meio da festa!

Os convidados, incrédulos com o sucedido, disseram quase em coro:

— Hoooooo!

A Maria Rita só queria desaparecer. E, dizendo quase num sussurro: — Ai se gostava que se abrisse agora aqui um buraco para eu desaparecer!

E um buraco mesmo debaixo da mesa abriu-se como que por magia!

A menina começou a escorregar pela cadeira, enfiou-se pelo buraco adentro e foi caminhando, caminhando... Até que chegou a uma porta, e lá estava um senhor com umas barbas enormes, que lhe perguntou:

— A menina perdeu alguma coisa?

A chorar, ela respondeu:

— Fiz a pior figura na festa da minha melhor amiga! Estou tão envergonhada. Eu não queria. Mas a minha barriguinha não aguentou e dei um valente peido no meio da festa.

Disse o velho das barbas, abrindo a porta: — Fique descansada, a menina chegou ao local indicado... Esta é a Casa dos Peidos! E a menina, quando eu abrir esta porta, vai tentar encontrar o seu.

— Eu nem queria que ele saísse. Sei lá qual é o meu! — disse Maria, muito envergonhada.

Maria Rita, quando espreitou para dentro da casa, viu que havia lá dentro Peidos de toda a maneira e feitio. Uns que andavam pelo ar na maior festa, outros que se arrastavam pelo chão, outros encostados à parede, e havia um ao cantinho da casa. O homem das barbas apontou para o canto, dizendo:

— Aquele é o teu, está muito envergonhado.

A menina agora vai para casa, mas não vai de mãos vazias, leva esta panela e só destapa quando lá chegar.

A menina pegou na panela e foi para casa. Quando lá chegou, a sua mãe ficou muito espantada, pois não a esperava tão cedo. Maria Rita contou à mãe o que lhe tinha sucedido no casamento e sobre a Casa dos Peidos.

— Filha, vamos destapar a panela para ver o que está lá dentro?

E mal destaparam a panela, mãe e filha ficaram espantadas com a quantidade de moedas de ouro.

E lá foi a menina pedir o meio alqueire à vizinha, para saberem quanto tinham.

Assim que Maria Rita pediu o meio alqueire à vizinha, esta, que era muito invejosa, quis saber o que elas queriam medir.

A menina inventou uma desculpa, o que deixou a vizinha invejosa com a pulga atrás da orelha. Mandou a sua filha tentar ouvir atrás da porta o que elas andavam a tramar.

Quando a menina foi entregar o meio alqueire, no fundo estava uma moeda de ouro, pois a vizinha invejosa tinha untado o fundo com sebo, e uma moeda ficou lá colada.

A vizinha bombardeou a menina de perguntas, e esta não teve outro remédio, acabando por contar o que tinha acontecido.

Com o dinheiro, mãe e filha compraram uma casa e nunca mais faltou comida na mesa. E, como tinha namorado, decidiram que já era a hora de juntar os trapinhos.

O grande dia chegou e Maria Rita estava linda no seu vestido de noiva. Lá estava a sua mãe, a melhor amiga Maria Luísa e o marido, a vizinha invejosa e a sua filha.

Na boda, as mesas estavam repletas das melhores iguarias.

A filha da vizinha invejosa começou a comer de tudo um pouco, a fazer misturas, pois queria ter a mesma sorte que Maria Rita.

Mas nela não sortia efeito. Então, sentou-se e começou a apertar a barriga, a torcer-se, até que... prrrrrrrr!

Os convidados, quase que em coro, exclamaram:

— Ohhh!

A filha da invejosa pediu que se abrisse um buraco, e o buraco logo se abriu. Ela começou a escorregar na cadeira, enfiou-se pelo buraco, e lá foi dar com o homem das barbas e à Casa dos Peidos.

— Olá, menina, anda perdida?

— Não, estou aqui porque soltei um peido numa festa e disseram-me que aqui havia um lugar onde o podia encontrar.

— Chegou ao local indicado.

Dito isso, o velho das barbas abriu a porta e a menina entrou. O velho perguntou-lhe se ela sabia qual era o dela. A menina abanou a cabeça a dizer que não.

O velho das barbas apontou para um que andava pelos ares, dizendo:

— Olhe, aquele é o seu! Ele não queria sair, mas viu-se obrigado e, mal se apanhou cá fora, é o mais doido deles todos!

Mas a menina vai levar esta panela e só destapa quando chegar a casa!

A menina pegou na panela, desatou a correr e só parou em casa. Quando lá chegou, a sua mãe estava à espera. E, sem demora, atira a panela ao chão...

E o que lá estava dentro?

Pois é, queriam ouro!?

Para as invejosas, a panela estava cheia de caca!

Nota: quem me contou este conto foi a D. Ricardina, que vivia em Baleizão. Viveu os seus últimos anos de vida num lar, foi-lhe diagnosticado Alzheimer e já faleceu. Nunca li uma recolha deste conto, e por isso, em sua memória, aqui fica o seu conto das duas Marias.

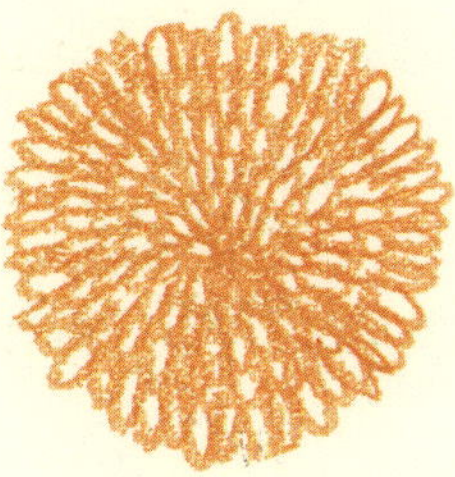

As Folhas da Oliveira

contado por José Craveiro

Era uma vez um rapaz que vivia com a avó na periferia da Vila e normalmente era ele quem fazia as compras, e tudo o que era necessário para a vida da casa era por conta dele, pois a avó era muito velhinha.

Um dia, ao regressar a casa, notou que à janela duma bonita mansão, que lhe ficava no caminho e tinha na frente uma oliveira centenária, estava uma jovem e linda menina e, não sabendo como se dirigir à jovem, disse:

— Bom dia, menina! Que bem que fica aí à janela! Sabe dizer quantas folhas tem essa oliveira?

Dando uma sonora gargalhada, foi-se embora, e a jovem fechou a janela e, indo para dentro, fechou-se no seu quarto e triste lá ficou o dia todo.

Alguns dias mais por ali passou o rapaz, e sempre que a jovem estava à janela, lá estava a malfadada pergunta: – Então, menina, quantas folhas tem a oliveira? Já as contou?

Um dia ele passou e, ao repetir a pergunta, a jovem fechou a janela com tal violência que a avó dela lhe perguntou qual o motivo de tal «reboliço».

— É um atrevido que passa aí por baixo da nossa janela e não sabe dizer mais nada senão: «ó menina, quantas folhas tem a oliveira?»

Raios que o parta... Um dia não sei o que lhe faço...

— Pois se é por isso — diz a avó — esta noite tudo acaba, vais ver!

— Como é isso possível? Ele é teimoso e não vai ser fácil obrigá-lo a calar aquela «boca malvada».

A avó, com um sorriso malicioso, diz:

— Manda aos criados que à meia-noite tenham o teu cavalo preto selado e coberto com um pano preto por cima do cavalo. Tu irás em cima do cavalo toda vestida de preto e eu serei o pajem, vestida também de preto. O resto fica por minha conta, pois a avó dele morreu a semana passada e chegou a «hora de ela lhe fazer uma visita».

Ambas, avó e neta, riram-se muito e abraçaram-se, esperando que a noite chegasse.

Meia-noite dada e lá vão «aquelas almas penadas», todas de negro vestidas, e batem à porta do rapaz.

— Quem está aí a uma hora destas?

— Sou eu, a tua avó, e vem cá fora, senão... vou eu aí dentro buscar-te. — disse a avó da jovem, tremendo a voz. — Se não vens a bem, vens a mal. Vens ou não vens?

— Vou, vou. Vou já... — diz ele aflito, e, ao abrir a porta, quase cai por terra. — Então por que é que está aqui a esta hora?

— Estou aqui para me ajudares a ir *pró* Céu. Como eu rezava pouco, agora tens que ser tu, meu netinho, a ajudar-me a ir *pró* Céu. Se não me ajudares, todas as noites cá virei e não te darei descanso...

— Isso não, isso não. O que tenho de fazer para a ajudar?

— É muito simples: tens que dar uns beijos no traseiro do cavalo!

— Isso é que não. Que porcaria, isso é que eu não faço.

— Ai não? Pois nunca mais daqui saio. Todas as noites cá estarei para te fazer a vida num inferno. E vou começar já...

— Pronto, pronto, eu dou dois beijos no traseiro do cavalo.

— Quê? Dois beijos? Isso não ajuda nada. Duas centenas ou mais... Ou começas, ou...

— Está bem, eu dou — diz ele a tremer — mas tantos não. Que raio de sorte a minha. — E deu um beijo a um palmo de distância.

— Quê? — grita a velha. — Encosta a boquinha, meu neto, senão não vale nada...

Logo ele começa a beijar o traseiro do cavalo e, depois de uns seis ou sete beijos, a velha, com pena dele, diz-lhe que talvez agora ela já tenha as portas do Céu abertas.

Correndo a lavar a cara, a boca e as mãos, nem adeus disse, e elas lá foram para casa, rindo da inocência do rapaz.

Dois dias mais tarde, passa o rapaz para ir às compras e... lá está a menina à janela.

— Então menina, quantas folhas tem a oliveira?

Responde ela, rindo:

— As folhas da oliveira? Não contei, mas contá-las era um regalo. Mas sei que ela tem mais folhas do que beijos tu deste no traseiro do cavalo!

Tal rapaz nunca mais passou por ali. O luar é chegado e está o conto contado.

Era este conto contado nos serões de Inverno pelos meus queridos Mestres.

Os Mestres a que me refiro são todos e todas, anciãos, que me ensinaram muito do que sei.

Menino pobre, fui aos cinco anos comprar ovos, pois os meus pais tinham esta actividade em paralelo com a de assalariados dos trabalhos do campo, para ajudar a economia da família.

As pessoas tinham muito carinho para comigo, e então às vezes davam uma fruta, uma sopa, e, enquanto eu comia, contavam uma história ou contavam uma modinha do nosso folclore.

Assim foi a «escola», e esses foram os meus Mestres. Mais tarde, o meu pai teve uma taverna e aí «completei» a minha formação.

Isto inclui os meus avós paternos e uma bisavó materna, que era um doce de pessoa.

EU CAIO!
EU CAIO!

A Lenda de D. Caio

(Conto tradicional português)
contado por Rui Guedes

Este é o conto tradicional português que, porventura, mais vezes escutei na infância. A minha avó paterna, Purificação de seu nome, nas noites em que as tarefas na oficina do meu pai se prolongavam, levando com elas a minha mãe, ou o ensaio semanal do grupo coral os fazia sair de casa nos serões de quinta-feira, ficando eu, a minha irmã e o meu irmão à guarda daqueles dedos torcidos pela idade e a pele enrugada que pendia dos braços narrando esta história. Posso acrescentar que, não raras vezes, ríamos descontroladamente sempre que a minha avó começava a rir, ainda a história não havia chegado a meio. Apreciava em especial tramas de falsa valentia, para não falar dos enredos de pancadaria exibidos nas sessões especiais de cinema que, de quando em vez, o único canal de televisão nos presenteava. Escrevo estas linhas acompanhado pela nostalgia dessas já tão distantes noites sentados à soleira da porta ou junto ao fogão de lenha na velha cozinha, dependendo do período do ano em que ocorriam. Recordo a saudade da minha avó pelo seu pai, meu bisavô Rangel, e seus irmãos, partidos muito cedo para o Brasil, na esperança de melhores condições de vida e do quinhão que lhes permitiria pagar o custo da construção da casa onde toda a família residiria. Creio que a lágrima solta misturada com as gargalhadas, escorrendo por entre as rugas do seu rosto, eram a fórmula por si encontrada de dissimular a tristeza de jamais os ter voltado a ver. Termino esta pequena introdução com a peculiaridade de nunca haver visitado o Brasil, e servir-me deste conto, e da história da minha família partida além-Atlântico, para dele me aproximar, completando o rol de singularidades referindo a profissão do meu pai e do meu avô Reinaldo, marido da minha avó Purificação: alfaiates. Assim…

Havia num reino distante um alfaiate de inegável talento. Apesar do feitio e preparos com que ataviava a sua vasta clientela, e dos méritos que lhe eram atribuídos pelas tão belas vestimentas por si produzidas, eram raras as vezes que se deixava ver. Pedia ao despachante que lhe deixasse os tecidos junto à porta da oficina, sem que se esquecesse de bater como sinal de encomenda entregue, ou quando a mercearia e as compras aviadas no sossego da madrugada entravam na cozinha, antes que a luz da manhã despertasse o galo para o primeiro cacarejar. Podereis julgá-lo discreto, ou ao abrigo da humildade tantas vezes apregoada quando é chegada a hora do elogio público, mas cedo se percebeu que tamanha timidez não mais se devia à menos exultada das humanas emoções: o medo.

Pois que o nosso alfaiate era o mais medroso cidadão do reino. Desde as fábulas de bestas e animais ferozes, às baratas e outros seres rastejantes coabitantes das humildes habitações que abrigavam o povo, tudo servia para o tolher, apavorando-se ao menor ruído e à menor suspeita de algo estranho que se colocasse no seu encalço. Tais eram essas inquietações que, certo dia, após anunciada a passagem junto à porta da oficina da filha única do rei, por sinal, a mais bela das princesas, se enroscou atrás da cabeceira da cama no quarto mais distante da entrada, por lhe haverem dito vir escoltada por valentes guerreiros montados em camelos, espécie desconhecida e motivo de incontrolável ânsia.

Mas, afinal de contas, é de uma história passada num reino distante, com princesas esbeltas e povo, onde tudo isto se passa. Ora, sendo assim, como facilmente suspeitareis, com outros reinos fazia fronteira, e, como outro qualquer conto, de uma boa escaramuça não se livra. Assim sendo, longa era a peleia pelos territórios vizinhos, reclamados amiúde pelos monarcas reinantes. Mas o exército do reino do nosso estimado alfaiate era comandado por um general temível, conhecido além-fronteiras pela sua inquestionável coragem, e pelo respeito e temor induzido nas suas tropas. Chamava-se D. Caio, e a ele regressaremos após desvelarmos a última peripécia do nosso alfaiate.

Desde a passagem do cortejo principesco que o alfaiate não abria a porta da entrada. Tamanho fora o susto, que esquecera durante dias a mercearia aviada, pousada sobre a soleira da porta à mercê das moscas. Mal a abriu, o zumbido à volta da carne, da fruta e dos ovos podres transferiu-se para o interior da casa. Num assomo de coragem mesclada com nojo, agarrou num pedaço de tecido sobre a mesa de corte e, fechando os olhos, desferiu um golpe certeiro sobre o mosquedo que dele se acercava. Ficou imóvel, aguardando o tempo suficiente para se certificar de que zumbido algum permanecera. Ao abrir novamente os olhos, eram sete as moscas caídas a seus pés, sem que outras ali permanecessem ou aguardassem escondidas pelo término daquele achaque inusitado. Embriagado pelo sucesso momentâneo e por haver quebrado, embora que momentaneamente, a barreira do pavor, saiu porta fora, gritando: «Matei sete! Matei sete!» Ora, por muito que se conhecesse a sua obra, não se conhecia o seu autor. Quem seria aquele homem que afirmava ter matado sete? Por tudo aqui lido até ao momento, estamos seguros de quem seja. Mas, para o resto da história, convém acrescentar o seguinte:

É certo e sabido que a coragem, o respeito e o temor são fatores fundamentais para conquistar o que quer que seja. O general D. Caio, possuidor de todas essas qualidades, e servindo-se delas para que, mesmo antes de qualquer batalha, se afastassem os inimigos apenas por escutar o seu nome, mais não era que um ser humano rendido às circunstâncias insofismáveis da mortalidade. Certa era a sua imponência, o seu uniforme exemplarmente paramentado e a envergadura da sua montada. Mas certa era, também, qualquer fatalidade a que possamos estar sujeitos, inadvertidamente e em qualquer lugar, seja ele o quarto de dormir, uma oficina de trabalho ou a tenda de um general em vésperas de importante batalha. Calhou ao nosso general como hora da morte um sono repousante. Quando a ordenança entrou na tenda para o auxiliar nos preparativos para a batalha, deparou-se com o ser inanimado prostrado sobre a esteira, de olhos abertos fixos na abertura da tenda. Logo trataram de avisar o rei que, desesperado, percorria os corredores do palácio à espera de encontrar solução para irremediável problema.

Estava o rei disperso nestes pensamentos, quando um dos pajens de serviço se acercou e lhe confidenciou: «Majestade, não desespereis, pois escutei ainda ontem um seu súbdito espalhar aos quatros ventos que havia matado sete!» Logo o rei lhe agarrou a gola do uniforme, agitando-o de forma veemente: «Onde está esse valente súbdito, pois que é ele quem mais necessito nesta difícil hora?» O pajem indicou ao rei a morada do nosso apavorado alfaiate, desconhecedor do elevado preço que pagaria por propalar a sua inaudita peripécia.

Apressaram-se dois soldados e um sargento na direcção da oficina do alfaiate, trazendo a figura principal deste conto à presença do rei. Assim que pôde apreciar a figura tísica e desprovida de qualquer laivo de robustez prostrada à sua frente, irrompeu Sua Majestade num choro soluçado, apenas interrompido pela insolência própria de quem ainda não sabe o que virá a ser: «Trouxeram-me até si por ter matado sete, meu bom rei, e essa é a verdade!» «Pois sendo assim, entrego-te a ti o comando do meu exército, prometendo-te em casamento a minha filha única, a mais bela das princesas!», disse-lhe o monarca, entre as lágrimas limpas à manga da túnica grená e a esperança desmedida nas palavras do plebeu ajoelhado à sua frente.

O nosso alfaiate escutara inúmeras vezes as referências elogiosas ao uniforme exemplarmente paramentado do general D. Caio, bem como acerca da beleza da princesa herdeira, julgando ele que bastaria ajustar a vestimenta ao seu corpo delgado e a missão estaria prestes a cumprir-se, cabendo-lhe de mão beijada tamanha fortuna. Afinal de contas, tinha matado sete, e fora apenas isso o que lhe pedira o rei.

Trouxeram a farda de D. Caio para a oficina, dando-lhe o tempo suficiente para os ajustes necessários. Mal terminados, apresentou-se na rua devidamente uniformizado, aguardando a bela princesa para ver consumada a promessa. Mas não é que, por entre o arrebatamento de haver matado sete, ignorara por completo que algo mais lhe haveria de ser exigido. Levaram-no junto da montada de D. Caio, assustando-se com tal envergadura. Prontamente, atiraram-no sobre a sela, estranhando o cavalo o cavaleiro, irrompendo aos pinotes ao longo da rua. «Eu caio! Eu caio!», gritava o nosso alfaiate agarrado à crina do corcel. O povo saía das casas e amontoava-se nas ruas: «Lá vai o nosso general D. Caio!» Sem que se desse conta, o cavalo desgovernado avançava em direcção às linhas do inimigo, prestes a invadir o reino, após dias sem confronto com as tropas do temível general. Os soldados do reino, desconhecedores da fatalidade por voto de secretismo imposto pelo rei, vendo a montada do seu comandante e o uniforme imponente, pegaram nas armas e prestaram-se em segui-lo, gritando a bom som: «Viva D. Caio! Ao ataque!» O alfaiate deste nosso conto, desorientado e espavorido, continuava gritando «Eu Caio! Eu Caio!», reunindo no seu encalço cada vez mais tropas. Ora, os soldados inimigos, também eles desconhecedores da fatalidade ocorrida ao corajoso general, temendo por suas vidas por ouvir o nome de D. Caio, encetaram uma fuga, deixando para trás armas e armaduras, recolhendo-se ao seu território e espalhando o temor por tal nome, sem jamais ousarem regressar.

Quando o cavalo de D. Caio sucumbiu de exaustão, e uma afasia tomou conta do alfaiate, os soldados apressaram-se a tomá-lo em ombros e a exultarem tão grandioso feito. A notícia correu mais rápido que o vento e, quando chegaram ao palácio, o alfaiate e as tropas foram recebidos pelo bom rei, feliz por afastar seus inimigos e por ter depositado esperanças em alguém capaz de ter matado sete de uma vez. Expressou vontade em cumprir com o prometido celeremente, pedindo às aias que se apressassem a trazer-lhe a princesa herdeira. O resto, creio que todas as histórias que tereis já ouvido à soleira da porta numa tarde de Verão, ou junto a um fogão a lenha numa noite de Inverno, serão suficientes para imaginar a conclusão deste conto. Seguiram o alfaiate e a princesa uma vida a dois, enquanto o rei conduzia os destinos do reino sem a preocupação de ver o território invadido, exibindo novos e elegantes trajes sempre que se encontrava presente junto do seu amado povo, circunstância própria de ter um genro conhecido por, além dos dotes de corajoso general, lhes juntar um inegável talento. Passeava com a princesa em infindáveis cortejos, montados num camelo, porque, à boa maneira portuguesa, «quem conta um conto, acrescenta um ponto», certo de que esta última facécia faria soltar uma longa gargalhada por entre as rugas da minha saudosa avó.

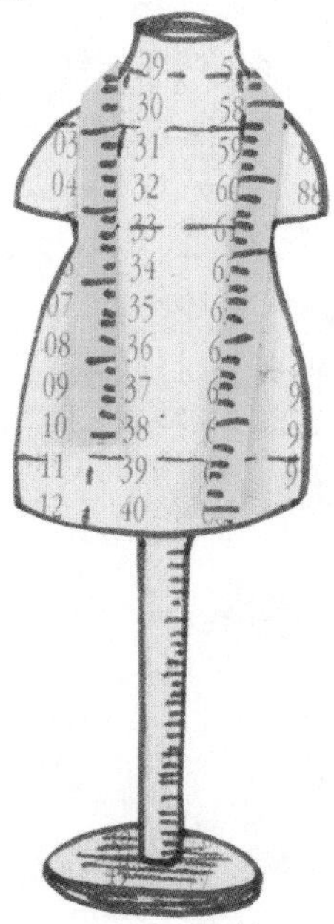

Bendito e louvado,
conto contado…

O Galo e a Coruja

contado por Bru Junça

No fundo do princípio do tempo, no alto de uma grande árvore, vivia a coruja. Olhos abertos ao dia e fechados à noite. A mais sábia de todas as aves. O Galo, por sua vez, naquele tempo, tinha um corpo curvado e sem penas. Bico apontado ao chão. Crista tombada. Dava pena, a sua falta de penas.

Um dia, a Águia, a rainha, desceu dos céus e pediu à Coruja que reunisse todas as aves. Sem excepção. Iria dar uma grande festa para toda a passarada. A Coruja piou, anunciando a boa nova, e todas as aves correram a prepararem-se. Limparam as unhas. Alisaram as penas. Lavaram os bicos. E até cataram os piolhinhos escondidos debaixo das asas.

Todos estavam animados, todos menos o Galo, que olhava para si, para a sua pele de galinha e não se consolava. A Coruja, ao vê-lo, disse:

— Ó Galo, mas por que é que estás tão triste!? Será uma grande festa.

— Ai, Coruja! Olha bem para mim… não tenho penas, sou a vergonha das aves.

— E se pedisses algumas penas às outras aves?!

O Galo, desasado, desconsolado, mas um pouco mais animado com aquela solução, correu até ao primeiro passarinho que lhe apareceu à frente, o Pardal. E pediu:

— Ai, Pardal, dá-me umas das tuas penas. Colo-as pelo meu corpo e assim já posso ir à festa, como uma ave.

— Ó Galo, eu até te dava umas penas, mas olha para mim! As minhas penas só te tapavam meia pata.

E o Galo, mais desasado, desconsolado, seguiu caminho até à segunda ave que lhe apareceu à frente, o Pavão. E pediu:

— Ai, Pavão, dá-me umas das tuas penas. Colo-as pelo meu corpo e assim já posso ir à festa, como uma ave.

— Ó Galo, o meu rabo em leque não é para qualquer um.

E o Galo, ainda mais desasado, desconsolado, seguiu caminho e, ao passar pela grande árvore, avistou a Coruja. E pediu:

— Ai, Coruja, dá-me umas das tuas penas. Colo-as pelo meu corpo e assim já posso ir à festa, como uma ave.

— Ó Galo, aqui no alto faz tanto frio que se eu te desse as minhas penas, morria de frio.

Contudo, a Coruja, como sábia, piou. E toda a passarada reuniu-se à volta da grande árvore. E disse:

— O Galo é uma ave, sem penas. Mas, como ave, também deve ir à festa, tal como todos nós. Sabemos que as penas são coisas que não se dão, cada um tem as suas. Mas se cada um de nós emprestar uma pena, o Galo poderá cobrir todo o corpo. Ir à festa. E, no final, devolve cada pena à ave que lha emprestou. As aves entreolharam-se. Mas a palavra da Coruja bastava-lhes.

Passo a passo, cada uma das aves foi tirando de si uma pena e emprestando-a ao Galo. Este, pena a pena, foi colorindo o seu corpo. Por fim, quando viu o seu reflexo numa poça de água, sentiu-se tão, mas tão bonito, que no mundo inaugurou-se a vaidade. Arrebitou a crista. Levantou o bico aos céus. E caminhou como se desfilasse. A festa foi longa. O Galo, o rei da festa.

No final, juntaram-se todos os pássaros, passarinhos, passarocos, aves e avezinhas, à espera que o Galo devolvesse as penas que pertenciam a cada um. Mas o Galo, cheio de vaidade, disse que não as devolveria. A Coruja arregalou os olhos ao Galo, tinha dado a sua palavra. E era um bicho de palavra. Mas o Galo não arredou a pata. E, naquele tempo, do fundo do princípio ficaram lançados três feitiços.

O primeiro: se olharmos um Galo, veremos que é feito de muitas cores.

O segundo: ficou condenado a ser o primeiro a acordar, para cantar as penas de todos nós.

E o terceiro: a Coruja, envergonhada, fechou os olhos ao dia para não ter que cruzar o seu olhar com aqueles a quem faltou com a sua palavra.

Palavra dada, dita e contada é fortuna confiada!

O Figuinho da Figueira

contado por Luís Correia Carmelo

Era uma vez uma filha e o seu pai. A mãe já havia partido. Passeava um dia pelos montes, veio um vento forte e foi-se. Como uma pena ou um lenço de seda, ligeira. Sem lastro que a agarrasse a este mundo. Talvez por isso, a filha nunca a perdoou.

Havia uma vizinha. Andava sempre de negro, ainda que não se lhe conhecessem amores, nem tivesse razão para estar de luto, sozinha que era neste mundo. O cabelo era branco e comprido, feito numa trança enrolada no alto da cabeça. Os olhos eram escuros, sem fundo. Naquele lugar, não era querida. Não ia à missa. Diziam que falava com os bichos e as plantas. Que era amiga dos lobos e dos animais nocturnos.

Apesar das más-línguas, a vizinha era muito boa para a menina. Fazia-lhe bolos e biscoitos. Contava-lhe histórias. Cantava-lhe cantigas. Ensinava-lhe o nome dos pássaros e das ervas. E por isso, todos os dias, a menina perguntava ao pai por que é que ele não se casava com a vizinha, que era tão boa e rica. Sim, porque ela era dona de terras a perder de vista, senhora de muita gente e, com certeza, haveria de ter uma grande fortuna.

O pai fazia de conta que não ouvia. Ou dizia-lhe que não se casava por causa da idade. Ou porque no seu coração já só havia lugar para o amor de uma mulher, que era ela, a sua filha. Mas a menina insistia, todos os dias. E o pai, talvez pela riqueza, talvez por vontade da filha, acabou por ceder e foi falar com a vizinha. E ela, talvez pela solidão, talvez por razões que ainda não nos foram dadas a saber, concordou. Fez-se o casamento e pai e filha foram viver para a casa da madrasta. Era muito maior, com empregados e confortos que eles nem sequer sabiam existir.

Na casa nova, filha e pai continuaram unidos como sempre. Davam longos passeios e conversavam até tarde nos serões, numa linguagem de olhares e silêncios que apenas os dois partilhavam. A madrasta, por sua vez, parecia outra pessoa. Deixou de fazer bolos e biscoitos para a menina. Deixou de lhe contar histórias e de lhe cantar cantigas. Agora, não lhe ensinava nada. Pelo contrário, dava-lhe a fazer o trabalho mais duro da casa. E, quando o pai não estava, até lhe batia. Mas o pior era no Verão, porque a madrasta tinha no quintal uma figueira de que gostava muito e não queria que os pássaros comessem os figos. Naquela altura do ano, pendiam da árvore como centenas de brincos, atraindo abelhas, formigas e, claro, passarinhos atrevidos. Naquelas tardes quentes e sem fim, a mulher obrigava a menina a ficar de vigia, armada apenas com uma caninha, para enxotar os pequenos ladrões voadores que não lhe davam descanso.

Numa dessas tardes, a menina encostou-se por um momento ao tronco da figueira. As abelhas zumbiam. As formigas trabalhavam, incansáveis. Ela sentia o calor impiedoso, sem que houvesse uma brisa a perturbar a imobilidade das folhas ou dos seus cabelos. Irresistivelmente, os seus olhos piscaram, como borboletas batendo as asas, acabando por se fechar. Só um instante. Ainda assim, foi o suficiente para que um passarinho mais atrevido se aproximasse e bicasse um dos figos.

A madrasta viu tudo isso pela janela da cozinha, mas não disse nada. Naquela noite, depois do marido adormecer, mandou chamar a enteada. Esta, obediente, levantou-se da cama. Camisa de dormir branca. Pés descalços no chão frio de azulejo. A menina percorreu o corredor escuro e parou à porta da cozinha, esperando. Viu a madrasta de costas, sentada junto ao lume, afiando uma faca. Sabia que a mulher do pai estava consciente da sua presença, apesar de não se virar, nem lhe dizer nada. Paciente, esperou que a mandassem entrar. Quanto tempo terá ali ficado de pé, submissa?

No dia seguinte de manhã, como era costume, o pai foi ao quarto da filha para lhe dizer bom-dia. Ela não estava. E a cama, ainda desfeita. Não era jeito dela deixar o quarto naquele desarrumo. Ele foi ter com a mulher. Não a vi, respondeu-lhe, sem tirar os olhos do que estava a fazer. O pai achou estranho, mas não ia teimar. Os homens esperavam, havia muito que fazer no campo, tinha de ir. Passou o dia com um mau pressentimento, que até os pássaros pareciam partilhar, pois voavam em círculos, agoirentos. Quando voltou no fim da tarde, perguntou outra vez à mulher pela filha. Não a vi, já te disse, respondeu ela. O homem começou a ficar realmente preocupado. Chamou a menina por toda a casa. Depois, lá fora. Quando a noite caiu, juntou os empregados. Acenderam archotes, foram pelos cães e correram todos os campos ali à volta. Confirmaram os poços. Foram ver junto à ribeira. Ao pego da nascente, que era do Diabo só em nome, porque era o lugar mais lindo à face da terra, de todos, o preferido da falecida esposa. No dia seguinte, os vizinhos vieram ajudar. No outro, as autoridades. A notícia espalhou-se como fogo em mata negligenciada. Vai ver que fugiu, dizia a madrasta. E ao fim de sete dias, ainda que ninguém ousasse dizer o mesmo, todos o pensavam.

Na manhã do sétimo dia, o pai sentou-se à frente da porta de casa com a cabeça entre as mãos, desfeito. E foi então que reparou numa erva alta e viçosa que estava a crescer debaixo da figueira da mulher. Gostava de ter o terreno limpo e arrumado. Ou talvez apenas precisasse de algo com que se distrair. Foi buscar uma foicinha. Agarrou um bom punhado de erva e, quando ia cortar, ouviu uma voz que parecia vir de debaixo da terra, entoando:

Não me cortem os cabelos,
Que eles cantam o que foi,
Minha mãe me penteava,
Minha madrasta enterrou.

Foi a correr buscar uma pá e começou a cavar, com muita ansiedade. Depois, usou as próprias mãos. Tacteando, com os dedos, descobriu o rosto da filha, que parecia não respirar. Naquele momento, soube a verdade. Que a sua mulher tinha matado e enterrado a sua filha. E foi então que ela, de repente, abriu os olhos brilhantes. Com o susto, o pai deu um salto e caiu para trás. Estarrecido, viu como as mãos da filha emergiam da terra e começavam a cavar freneticamente, como o corpo dela se contorcia com uma força inesperada, libertando-se. Ainda prostrado no chão, viu-a erguer-se das profundezas com a roupa, a pele e os cabelos cobertos de terra e raízes. Mas, apesar disso, era alta e resplandecente. Compreendeu que, a partir desse dia, ela seria senhora do seu próprio destino. E assim foi.

Quanto à madrasta, alguns dizem que fugiu e nunca mais voltou. Outros, que foi presa e condenada. Quem conheceu aquele lugar e a figueira que ali estava, coisas que já não existem, porque tudo passa, talvez soubesse a verdade. O buraco foi coberto, bem tapado. E nada voltou a crescer naquele pedaço de terra. Nem erva. Nem flor. Nem fruto.

Quem me contou pela primeira vez esta história foi a Cristina Taquelim, há muito. Lembro-me do tom pausado, da profundidade da voz e dos sentidos, do sabor a terra. Coisas da Cristina, e de mais ninguém.

Mais tarde, comecei eu próprio a contar a história da menina enterrada por causa do figuinho da figueira. Conheci também as versões deste conto-tipo (ATU 780B) no Arquivo do Conto Tradicional Português através do catálogo da Isabel Cardigos e do Paulo Correia, e em muito graças ao auxílio dos seus sempre generosos autores. Os mistérios da história, o renascimento telúrico, a metamorfose vegetal: todos esses elementos ecoavam em mim de forma mitológica. Ainda hoje o fazem. Escrevo e conto esta história como se, na verdade, pudesse fazer passar as estações, saudando, a cada «era uma vez», uma nova etapa. E sinto, assim, que não é só a menina que renasce.

O Tolo e as Moscas

Conto recolhido em S. Miguel, Açores, contado por Valter Peres

Dizem. Sim, dizem, porque eu não vi, eu ouvi, que havia um tolo que, por todo o lado onde andava, uma data de moscas o perseguiam. Isso chateava-o.

O que o chateava não era tanto a questão de as moscas irem onde ele ia, ou estarem com ele em todos os lugares, disso já ele estava habituado. Também não era o escárnio das pessoas que o incomodava, porque achava até engraçado as pessoas falarem das moscas como se fossem os seus animaizinhos de estimação.

Também não era o zumbido que elas lhe faziam nos ouvidos que o incomodava, que isso até lhe dava jeito, sobretudo quando alguém o chateava e assim, com o zumbido das moscas, não ouvia bem e seguia em frente sem ter que reagir.

Também não o chateava a presença das moscas na hora de dormir, uma vez que com ele as moscas não passavam a rasar quando tentava adormecer, porque se deitavam também para descansar, até porque sabiam que ele acordava sempre cedo e teriam de estar prontas para acompanhá-lo logo de madrugada.

O que realmente o incomodava na presença constante das moscas é que elas passavam o tempo todo a pousar em si, parece que se organizavam para que estivessem sempre duas, ou três, em locais que incomodam.

Ora pousava uma na ponta do nariz e lá teria ele que a enxotar. Saía a da ponta do nariz, pousava uma na orelha e ainda não tinha ele enxotado a da orelha, já uma pousava na sobrancelha e logo outra no queixo, enfim, não tinha descanso e cansava-se muito dos braços de tanto enxotar moscas. Alguns até o chamavam de maestro de orquestra, tal era o esbracejar dele.

O que mais ouvia das pessoas era que ele era tolo porque não as matava, acabando com o seu problema. Mas matar é crime e ele não estava preparado para cometer um crime, nem sequer com moscas.

Farto de este esbracejar constante, foi até ao tribunal e fez uma queixa contra as moscas que o apoquentavam.

Quando a queixa chegou ao juiz ele desatou a rir e deu prioridade a este julgamento, que logo se agendou, e no dia e hora marcada lá estava o tolo em frente ao juiz e, claro, as moscas também.

O juiz, com um sorriso na cara, como que se preparando para se divertir com o tolo, pediu-lhe que explicasse o caso.

Assim, o tolo explicou. Explicou tudo o que acabei de dizer e pediu que o senhor juiz pudesse interceder para que as moscas fossem pousar noutras pessoas e o deixassem em paz.

Do alto da sua sabedoria, o juiz disse-lhe que ele mesmo poderia resolver a situação, bastando para tal que as matasse.

Pois o tolo, ao ouvir essas palavras, respondeu que matar é crime e que não faria isso, nunca cometeria um crime.

Então o juiz desatou a rir e explicou-lhe que não, que matar moscas não era um problema e que lhe garantia que fosse de que forma fosse, onde quer que fosse, ele poderia bater com força numa mosca e matá-la. Deveria até bater com toda a sua força, de forma a que ela não escapasse.

O tolo, ouvindo o que o juiz lhe disse, começou a olhar para a cabeça do meritíssimo juiz, que era completamente careca, e foi nessa altura que viu uma das moscas pousar exactamente na sua careca. Ora, sem pensar, e com toda a força que tinha, o tolo deu uma valente pancada na mosca, que estava exactamente em cima da careca do juiz, que com a pancada desmaiou.

Foi um alvoroço no tribunal, com toda a gente espantada com a pancada que o tolo deu na cabeça do juiz, que logo veio a si, ainda com dores de cabeça, e começou a gritar com o tolo, que por esta pancada iria prendê-lo.

Ao ouvir a ordem de prisão, o tolo pediu a palavra e disse: «Foi o senhor que me autorizou, dizendo que fosse de que forma fosse, onde quer que fosse, eu poderia bater com força numa mosca e matá-la. Ora, eu tenho culpa se a mosca foi logo pousar na careca do senhor.»

Perante esta explicação, o juiz pensou e, como sábio que era, decidiu que ele tinha razão e que a sua tentativa de rir de um tolo lhe tinha dado uma valente dor de cabeça.

E, dessa forma, o tolo foi absolvido da acusação e saiu do tribunal com a satisfação de ter dado uma valente pancada na careca do juiz.

Quanto às moscas, parece que também perceberam a estória e agora já não pousam no tolo, mesmo quando o acompanham a algum sítio.

Vitória, vitória, acabou-se a estória.

DOMVS IVSTITIÆ

O Anel

Conto recolhido em S. Miguel, Açores
contado por Miguel Horta

Há muito tempo, na época dos reis e das rainhas, havia um príncipe que era muito teimoso. Os reais pais bem tentavam que o filho escolhesse uma pretendente, tal a urgência de dar um herdeiro ao trono. O povo bem via que o Rei ia ficando velho, e o Príncipe, quarentão. Mas o Príncipe dizia sempre «não!». A Mãe bem lhe apresentava uma princesa bem prendada, loirinha, olhinho azul, vinda do reino das grandes neves... mas o Príncipe dizia: «Não!» O Pai bem lhe propunha uma namorada bem torneada, morena e intrigante de um país distante... mas o Príncipe dizia: «Não!» Ou então, convidavam para um banquete, de surpresa, una princeza de España, mui hermosa... e o Príncipe dizia, zangado: «No quiero! Y no! E não! E não!» Era mesmo muito teimoso e argumentava com as vantagens da vida de solteiro e com o aborrecimento do casamento, pois ele bem via lá por casa como era. Se essa escolha um dia acontecesse, seria por sua vontade e interesse – estava dito!

Ora o tempo passou e rolou e alguma coisa aconteceu, pois o Príncipe apareceu lá em casa (o magnífico palácio, claro), com uma ideia – queria se casar com a rapariga mais bonita do reino, mas a mais pobrezinha. O Pai e a Mãe, o Rei e a Rainha, não concordaram com a escolha. Era mesmo um Não. A moça vinha de um nível social diferente e o real descendente não deveria escolher uma mulher qualquer – teria de ser de uma casa real importante, para bem do reino. A rapariga era bonita, lá isso era, mas não podia ser. Não! Mas o príncipe, do fundo da sua teimosia, logo disse: «Sim!» E os pais: «Não!» E passaram a tarde toda num vai e vem de Sim e de Não, tendo tudo acabado com um Sim no meio da confusa discussão. Sim, não, sim, não, sim! O herdeiro quarentão levara a melhor. Assim sendo, marcou-se um lanchinho (já estão a imaginar o lauto manjar...) lá no palácio real, para que o Rei e a Rainha conhecessem a jovem escolhida por seu filho.

Como sempre nestes assuntos cor-de-rosa, houve uma fuga de informação e toda a nação ficou a saber o que estava para acontecer. Só que as mulheres do país, de boas famílias, brasonadas e solteiras, disponíveis, belas e muito invejosas, não queriam mesmo que o príncipe se casasse com a rapariga mais bonita e pobrezinha do reino. Roídas pela inveja, foram falar com a temível Bruxa dos Brejos Negros, especialista em estragar bons momentos. Assim, no dia em que a rapariga mais bonita do reino e mais pobrezinha ia a entrar no palácio para conhecer os seus futuros sogros, aproximou-se dela a Bruxa dos Brejos, disfarçada, e disse com uma voz maviosa: «Menina, sois tão bonita, tão formosa, que te vou dar uma prenda.» Então pegou num anel cravado de pedrarias e colocou-o no dedo da pobre rapariga, que ficou completamente maravilhada com a joia. Nunca tinha visto nada assim tão belo... A bruxa desapareceu e a jovem seguiu para a porta do palácio onde uma comitiva a esperava. Escutaram-se as trombetas: TÁTÁRARITÁTÁ! A rapariga subiu a grande escadaria do palácio. Lá em cima, o Príncipe e os reais pais esperavam por ela no meio de grande pompa. Então o Rei dirigiu-se à rapariga, perguntando numa voz grossa e afectada: «Menina, que desejais do nosso filho, o Príncipe?» E a bela rapariga respondeu: «CAGANITA!» Assustada com o que tinha acabado de dizer, voltou a abrir a boca e só lhe saiu... «CAGANITA!». Depois a rainha também lhe perguntou ao que vinha, mas a formosa moça só dizia: «C-A-G-A-N-I-T-A!», sem controlo.

É claro que não houve lanchinho nenhum, nem tão pouco noivado, com uma rapariga que apenas dizia aquele impropério. Vocês casavam um filho vosso com uma miúda que apenas dissesse «caganita» para aqui e «caganita» para acolá? Pois...

O tempo foi passando e rolando, e o quarentinha mais quarentão, e os pais cada vez mais preocupados.

Neste ponto da história, permitam-me que dê uma má notícia sobre o fim de uma paixão: dói. Mas depois vem uma notícia boa: passa.

Assim sendo, certo dia, o herdeiro do trono abordou os pais com uma nova ideia. Olharam-no desconfiados, mas curiosos escutaram. Agora queria casar-se com a rapariga mais boazinha do reino, a mais generosa, amiga dos pobrezinhos, das criancinhas, dos passarinhos, das minhocas, das lesmas e dos contadores de histórias. O Pai e a Mãe levaram as mãos à cabeça. «O nosso filho não se pode casar com uma rapariga que gosta de pobrezinhos, de criancinhas, de passarinhos, de minhocas e lesmas.» – disse a Rainha – «E o pior é gostar de contadores de histórias!» – atalhou o Rei – «Ainda por cima um pouco feiosa...»

Mas o Príncipe teimoso estava mesmo determinado em casar com aquela moça. Então rebentou uma discussão familiar com o Sim e o Não voando de um lado para o outro. Calculo que saibam quem venceu essa contenda, foi o Sim, claro. Pronto, lá se marcou a data do casamento na catedral da capital e todo o reino foi mobilizado para a grandiosa boda. Só que as outras mulheres do reino, essas invejosas, não queriam que o príncipe herdeiro se fosse casar com a rapariga mais boazinha do reino, a mais generosa, amiga dos pobrezinhos, das criancinhas, dos passarinhos, das minhocas, das lesmas e dos contadores de histórias, e então deram corda aos sapatos e lá foram directas aos Brejos Negros, pedindo os favores da poderosa bruxa que se fez pagar muito bem.

No dia do casamento, a cidade estava toda engalanada, e a catedral num esplendor de velas, incenso e brilhos que espantava a longa lista de convidados vindos de terras distantes, ricos e elegantes. No Reino respirava-se uma atmosfera alegre.

A rapariga mais boazinha do país, a tal que era tão generosa que era amiga dos pobrezinhos, das criancinhas, dos passarinhos, das minhocas, das lesmas e dos contadores de histórias, desceu de um coche ricamente decorado (muito mais bonito do que a abóbora dourada da «Gata Borralheira») e logo lhe apareceu pela frente uma senhora de porte elegante, muito simpática, que era nada mais nada menos do que a Bruxa dos Brejos Negros, que, acercando-se lhe, disse numa voz suave, quase cantada: «Menina, admiro-vos tanto, pois sois tão boazinha, tão generosa, tão amiga dos pobrezinhos, dos passarinhos, das minhocas, das lesmas e dos contadores de histórias, que vos vou dar uma prendinha.» Pegou na mãozinha sapuda da jovem e colocou-lhe um anel muito singelo no dedo. Muito educada, a mocinha agradeceu gentilmente e seguiu para a porta da igreja, ajeitando o elegante vestido para não se estatelar na grande escadaria que então começou a subir. Lá no topo, aguardavam-na todos os elementos da Casa Real e o Bispo, de sorriso beato nos lábios. «Vinde a nós, menina». Ouviu-se a «Marcha Nupcial» (para quem não saiba, chama-se «Sonho de uma noite de Verão» e passa-se no coração da floresta) e deu-se início à longa cerimónia. Chegado o momento da verdade, o ministro da Igreja perguntou solenemente à rapariga: «Menina, aceitais o nosso Príncipe como teu esposo?» E a moça respondeu, de sorriso embevecido: «CAGANITA!» Voltou a tentar articular uma palavra e... «CAGANITA» para aqui, «CAGANITA» para acolá! O Pai, completamente furioso com o filho, perguntou-lhe zangado: «Afinal de contas, com quem é que te vais casar?» Ao que ele respondeu, calmamente: «CAGANITA por CAGANITA, caso com a outra que é mais bonita.»

Vitória, vitória, casou-se na história!

Nota: adaptação de um conto da tradição oral portuguesa escutado a Maria João Silvestre.

O Menino que Queria Prender o Tempo

contado por Ana Sofia Paiva

Primavera, Primavera
tempo de tomar amores
não há tempo mais alegre
que o Maio com as suas flores

Da terra sai a videira
saem da videira as uvas
as solteiras são casadas
e as casadas são viúvas

O que é verde sempre seca
lá no pino do Verão
tudo torna a renovar
só a mocidade não

Ó meu amor, quando fores
leva-me na tua ida
que eu sou como a Primavera
onde quer anda metida[9]

O tempo perguntou ao tempo quanto tempo o tempo tem
e o tempo respondeu ao tempo que o tempo tem
tanto tempo quanto tempo o tempo tem…

---

9 Cantiga da ceifa recolhida no planalto mirandês.

A história que vou contar veio de um tempo e de um lugar onde as quatro estações ainda reinavam sobre a Terra. Primavera, Verão, Outono, Inverno. Primavera, Verão, Outono, Inverno. Era um ritual mágico, admirável. Como uma valsa: suave, constante, implacável.

O tempo foi há muito. O lugar, longe, além da casa do vento, onde Judas perdeu as botas.

Pois era uma vez, há muito, muito tempo, lá muito, muito longe, uma casa. Uma casa pequenina. Uma casa de madeira. Uma casa de campo. Era uma vez, nessa casa, um menino. Era um menino pequenino. A bênção de um lar. Veio ao mundo por amor e para amar.

Filho de mãe costureira e pai tecelão, viviam todos três numa casinha de botão, redondamente perfeita, remediada, com espaço para quase tudo e tanta coisa de nada. O menino crescia assim, descalço entre retalhos, costuras e uma enorme árvore de fruto, a sua árvore da vida. Estava ali mesmo, no meio do quintal, todos os dias à sua espera. Amiga e conselheira.

Com aquela árvore aprendia o menino a ler. Lia no tronco, nos ramos, nas folhinhas finamente dentadas, lisas, brilhantes, vermelhas na Primavera, cor púrpura no Verão. Lia a raiz do tempo na sua árvore, nas florinhas de cinco mimosas pétalas brancas e rosadas que despontavam no final do Inverno, antes de todas as outras. A árvore da vida inteira do menino era a mais bela, imensa e frondosa ameixeira que consigam agora imaginar, quase tão sábia e tão antiga quanto a história que vou contar.

O menino lia o mundo através daquele pé de ameixa plantado pela avó da avó da avó da avó da avó da avó da avó. Ao colo da árvore, o menino folheava o tempo, o vento e o pensamento. E crescia feliz no embalo das leituras, das nervuras e das ternuras da sua brava e mansa terra.

O tempo foi passando e, com o tempo, o olhar do menino foi-se aguçando. E um dia, que há sempre um dia, reparou. A mãe tossia. O que seria? Trabalhava muito, de sol a sol, no campo e ao serão, entre rezas a Santa Luzia para os olhos não lhe faltarem, à candeia. À hora da ceia, o pai dizia: mulher, tu estás doente, vamos chamar o doutor. E a mãe respondia: hei-de ficar melhor, eu hei-de ficar melhor. Mas nada. E já a mãe estava deitada há longos dias, quando o doutor chegou.

No quarto não deixaram o menino entrar. Lá dentro o homem zumbia palavras numa linguagem que ele não conhecia. Melhor ele sabia da gramática do passarinho a fazer ninho na sua ameixeira que daquela conversa tão cheia de frase estrangeira. Não percebia mesmo nada do que o doutor dizia, mas compreendia que o pai suspirava, que a mãe tossia e que era grave, era triste, e então esticou a escuta do coração até ao nervo da fala do homem e ouviu, finalmente ouviu e destrinçou um fio:

Ao cair da folha, ela vai.

A frase, como um eco, ficou rezando no fundo da cabeça e toda a noite não conseguiu dormir. No quarto não deixaram o menino entrar nunca mais. Queria abraçar a mãe. Não podia. Que faria? Ao cair da folha, ela vai. Ao cair da folha, ela vai.

No quintal, ela sorria – a sua ameixeira. Amiga e conselheira. Pois se nela sabia ler, cedo haveria de compreender. Era a nuvem, a água, a brisa, o calor. O Outono, o Outono. Era o Outono.

Pela calada da noite, sorrateiro, o menino abriu a caixa de costura. Noite escura. Escolheu uma agulha fina, um carrinho de linha verde e foi até ao jardim. Subiu à sua árvore da vida e virou a noite abraçado ao serviço. Daria certo, o feitiço. Coseu cada uma das mil folhinhas dentadas aos galhos firmes da ameixeira, seguro da sua missão. Este ano eu prendo o tempo com a minha mão.

Quando o Outono chegou, pleno de encanto e melancolia, a velha ameixeira dançou, costurada de esperança, ao som da nobre valsa da estação da alma.

A mãe secou, como as folhas, cumprindo o ciclo de pó a pó.

O menino cresceu. Todos os anos costurava as suas folhas. Aprimorou o gesto. Não dava ponto sem nó. E quando um dia se viu só, serenamente sentado à sombra antiga da sua árvore da vida plantada pela avó da avó da avó da avó da avó da avó da avó, aprendeu.

Para bem amarrar o tempo, não chega uma vida inteira. Para bem amarrar o tempo, não há outra maneira: só a agulha da palavra com a linha da memória pode prender a vida à raiz de uma ameixeira.

Nota: Dona Celeste Alexandre, nascida em 1930 no Pereiro de Palhacana, recorda vagamente os versos de cordel em que esta história se cantava. Sei mais contar a história do que sei dizer os versos, diz ela. Pois é, Dona Celeste. Que mistério este, o da palavra, o da memória. Já mudei muito esta história que nos contou. E veja só: ela agora vai voar até ao Brasil. Sei que a dedicava aos meninos da sua criação, à criança que foi numa infância que não chegou a ser. Pois eu dedico-a à Paula que, ao cair da folha, nos deixou, e ao Abel, ao Frederico e à Clarinha, da Serra do Montemuro, que seguem plantando frutos. E também à doce ameixeira do quintal da Dona Chinda, grande cuidadora de meninos, com quem aprendo a cada ano o milagre da Primavera.

ao
cair
da
folha

Pouco-Juízo e a Morte

contado por Carlos Marques

Era uma vez um homem chamado Pouco-Juízo. Era um bocado vaidoso, um bocado narciso. Era uma vez um homem chamado Pouco-Juízo.

Que casou com uma mulher chamada Pouca-Vergonha.

E tiveram uma filha chamada Loucura.

Pouco-Juízo correu à procura de padrinho.

Duas pessoas encontrou no seu caminho.

E perguntou-lhe a primeira:

— Aonde vais, Pouco-Juízo?

— Vou à procura de padrinho.

— Queres que eu seja?

— Quem és tu?

— Sou Deus!

— Não, não quero, porque dás a uns e a outros tiras.

Pouco-Juízo correu à procura de padrinho.

E uma velha encontrou no seu caminho.

Que também lhe perguntou:

— Aonde vais, Pouco-Juízo?

— Vou à procura de padrinho.

— Queres que eu seja?

— Quem és tu?

— Sou a Morte!

— Sim, sim, eu quero, porque levas o rico e o pobre.

— Sim, sim, eu quero, porque tu não poupas ninguém.

E assim, Loucura teve um batizado de morte. Pouca-Vergonha dançava com todos os homens. Pouco-Juízo brindava e bebia, bebia e bebia. E, quando já estava bem borracho, a Comadre Morte disse-lhe:

— Agora vais tornar-te cura, médico, bruxo...

— Médico?!?!?

— Médico! E vais ganhar muito dinheiro. Sempre que alguém adoecer aqui na aldeia, tu serás chamado. E lá vais tu. Atenção! Quando entrares na casa dos doentes, só tu me verás. Eu lá estarei em redor da cama. Se me vires aos pés da cama, é porque o doente vai viver, logo pede dinheiro e receita uma mezinha qualquer. Mas se porventura me encontrares à cabeceira da cama, então vai-te embora e não receites nada, pois o doente vai mesmo morrer, desaparecer, esticar o pernil.

E assim foi. Pouco-Juízo ia visitar os doentes em suas casas e lá estava ela, a sua comadre, aquela que ninguém quer ver: a Morte. E lá estava em redor da cama. Quando a via aos pés da cama, recebia uns dinheirinhos e fazia umas mezinhas, uma rezas, uma rimas inventadas... mas quando a Morte se encontrava à cabeceira, ia-se embora sem receitar nada. Tal e qual o acordo.

Porém, houve um dia em que Pouco-Juízo foi visitar um doente que estava mesmo muito mal. Mas não era um doente qualquer. Era o Pintas, o mais endinheirado...

— Ui, está para morrer — dizia toda a gente da aldeia.

E mal entrou no seu quarto, lá estava a Comadre Morte... mas, desta vez, à cabeceira. Pouco-Juízo virou costas, não havia nada a fazer, mas o doente agarrou rapidamente na mão de Pouco-Juízo e disse-lhe:

— Se me salvares, dou-te toda a minha fortuna.

Palavras que pareciam música para os ouvidos de Pouco-Juízo. Então, olhou para a Morte como que pedindo desculpas. Agarrou no doente ao colo, invertendo-o na cama, ficando assim a morte aos seus pés. O doente salvou-se e Pouco-Juízo ficou muito rico. Mas apenas por instantes, pois a Morte disse-lhe:

— Pouco-Juízo, vem comigo.

E Pouco-Juízo foi arrastando os pés, atrás da Morte. Atravessaram a aldeia e entraram no cemitério. Quando encontraram um pedaço de terra vazio, a Morte disse:

— Agarra naquela pá e cava aqui a tua sepultura.

E Pouco-Juízo cavou e, quando a cova estava bem funda, a Morte disse:

— Agarra aquelas tábuas, pregos e martelo e constrói o teu caixão.

E Pouco-Juízo construiu o caixão e, quando terminou, a Morte disse:

— Mete-te lá dentro.

E Pouco-Juízo assim ia fazer. Agarrou no caixão e colocou-o dentro da cova. Pouco-Juízo destapou o caixão e, no momento em se ia pôr lá dentro, disse:

— Concedes-me um último desejo? Sabes, como eu sou muito vaidoso e narciso, gostava de me ver como ficarei dentro do caixão, mas se me ponho lá dentro não me consigo ver... Por isso, importas-te de te deitares tu no caixão?

A Morte, voluntária como é, disse que sim. E, mal esticou o pernil, Pouco-Juízo tapou rapidamente o caixão e ficou lá em cima a fazer força. Agarrou em pregos e no martelo e fechou a Morte lá dentro.

— Deixa-me sair, deixa-me sair.

— Não posso, que me levas a mim e aos meus.

A Morte ficou presa, mas assim a ordem natural do mundo deixa de existir. Então, fizeram um pacto: se Pouco-Juízo a deixasse sair, ela nunca viria buscar a sua família. E é por isso que no mundo, enquanto for mundo, sempre existirá Pouco-Juízo, Pouca-Vergonha e muita Loucura.

Nota: o «Pouco-Juízo e a Morte» é uma criação que nasce da fusão do conto «Pouco-Juízo» dito por António Martins Afonso (de Juncal do Campo), recolhido por Jaime Lopes Dias na recolha de Contos e Lendas da Beira, *publicado pela Alma Azul (2005) e de «Tia Miséria», versão de Teófilo Braga no* Contos Tradicionais do Povo Português, *editado pela Dom Quixote (2002).*

nts; elle expose à la consti-
uxte est donc préférable.
ntité des aliments, elle est difficile
ucoup une question d'individus.
qu'il faut satisfaire sous peine
la faim, des tiraillemen
ur, vite rassasié, tout
nsidérable. Il y a toutes les variet
En dehors de ces différences individuelles,
nsidérables, la ration devra être proportion
du sujet.
dication et non de règle.

Regras do Bom Viver

contado por Sofia Maul

Era uma vez um casal lá para os lados do Estreito da Calheta. Eles eram muito velhinhos, muito velhinhos, mas nos anos todos que viviam juntos, nunca tinham brigado. Viviam a vida da terra, duns socalcos de vinha atrás da casa, que o Senhor António cuidava com muito esmero. A Dona Maria fazia uns troquinhos bordando debaixo da latada no quintal, onde se juntava com as vizinhas, cantando, conversando e bordando. Mas vieram uns tempos muito maus quando umas doenças mataram as vinhas quase todas da ilha e eles deixaram de ter sustento. Depois de muita fome, decidiram vender a coisa mais preciosa que tinham para poder pôr pão na mesa. Ora, a coisa mais preciosa que tinham era a Morena, uma vaquinha castanhinha, gordinha, com longas pestanas que eles mimavam e cuidavam muito. Então, eles despediram-se chorosos e o Senhor António pôs-se a caminho da Ponta do Pargo pela levada para vender a Morena no mercado.

No caminho, o Sr. António encontrou um rapaz com um ar gozão e este perguntou se ele queria trocar a vaquinha por uma cabrinha. O Sr. António era um homem descomplicado e olhou para a cabrinha e não viu problema nenhum, e trocou a vaquinha pela cabrinha, e lá foi ele com a cabrinha pela levada. Mas um pouco mais adiante, encontrou outro rapaz que queria trocar a cabrinha por uma ovelhinha e de novo o Sr. António não viu problema nenhum na troca, e lá foi ele com a ovelhinha pelo caminho. Isto, nas histórias, dizem que não há duas sem três, e é claro que apareceu outro rapaz no caminho e este queria trocar a ovelhinha por um galo. Já se sabe que o Sr. António não viu problema nenhum e trocou a ovelhinha pelo galo. E lá ia ele com o galo na mão, e a manhã já ia longa quando ele sentiu um cheirinho pelo ar. Era pão de batata, acabado de cozer... Ai, como ele gostava de pão de batata, e a fome já era muita e ele foi seguindo o nariz até chegar a uma venda. Quando ele entrou e viu o pão, não resistiu. Mas não tinha dinheiro, a única coisa que ele tinha era o galo. E não é que ele trocou o galo por um pedaço de pão? E daí a pouco saiu da venda e apercebeu-se que tinha a barriga cheia, mas os bolsos e as mãos vazias, e não podia fazer nada senão voltar para casa.

Quando estava quase chegando a casa, encontrou um compadre que lhe perguntou como tinha corrido o negócio, e o Sr. António contou-lhe. O compadre levou as mãos à cabeça e disse:

— Ah rapaz, quando chegares a casa vais levar uma malha!

— Eu acho que não, a minha Maria não faria uma coisa dessas.

— Então, não! Quando chegares a casa, vais levar um enxerto!

— Não, não. A minha Maria não.

— Então tu sais de casa com uma vaquinha gordinha para vender e chegas a casa sem nada? É claro que vais levar uma malha!

— Eu acho que não... Olha — disse o compadre — eu aposto contigo o dinheiro da vaca em como chegas a casa e vais levar uma malha!

— Eu acho que não... mas se o compadre insiste na aposta...

E lá foram eles, o Sr. António à frente e o compadre atrás, para ver o que acontecia quando ele chegava a casa.

— Mariaaaaaa, cheguei!

— Então, marido, como correu o negócio?

— Olha, Maria, não correu exactamente como a gente estava à espera... Eu ia a caminho e um rapaz quis trocar a vaca por uma cabrinha.

— Boa, António, uma cabrinha dá muito menos trabalho e dá leitinho na mesma!

— E eu ia com a cabrinha e apareceu outro e eu troquei a cabrinha por uma ovelhinha...

— Porreiro... assim a gente não passa frio no Inverno, que a ovelhinha dá lã para fazer uns agasalhos...

— Mas daí a pouco apareceu outro e queria trocar a ovelhinha por um galo...

— Ahhhhh... tu sabes quem vai ficar contente? O Senhor Padre! É de maneira que o galo canta, a gente acorda cedo e assim chega-se a horas à missa!

— Mas, Maria... Tu sabes como eu adoro pão de batata, e eu estava passando e numa venda tinham acabado de cozer o pão e eu entrei, e troquei o galo por um pedaço de pão...

— Ah, home... Ah, home... Então não? Então tu ias morrer à fome com um galo na mão? É claro que não!

E o compadre, que estava atrás da porta, não pôde fazer mais nada senão dar a aposta por vencida e deu-lhes o dinheiro da vaquinha.

E o que é que isto prova? Isto prova que, quando há bom entendimento na família, tudo se faz e pode fazer, em boa harmonia, que são as regras do bom viver, não é?

Nota: essa versão é a amálgama de duas versões escutadas aqui na ilha da Madeira: uma da Dona Agostinha, 82 anos, durante uma recolha no Jardim da Serra, e outra escutada numa tasca na Serra d'Água do Sr. Justino, que tinha 86 anos. Há uma versão escrita no livro Continhos Populares Madeirenses *do Padre Alberto Vieira de Freitas. Em todas elas existe este final, tipo moral, repetido nas três versões quase* ipsis verbis *e que eu reconto sempre, claro.*

Editora responsável: Rosana de Mont'Alverne Neto
Editora Assistente: Poliana Moreira
Revisão: André Andraus
Comunicação: Carlos Andrei Siquara
Projeto gráfico: Sofia Paulino
Fotografia: António Peleja
Organizadora: Benita Prieto

B458

Bendito e louvado / Benita Prieto (Organizadora); Jorge Serafim, António Fontinha, Elsa Serra, et al.; Sofia Paulino (Ilustradora). Belo Horizonte: Aletria, 2022.

Outros autores: Fernando Guerreiro, Luzia do Rosário, José Craveiro, Rui Guedes, Bru Junça, Luís Correia Carmelo, Valter Peres, Miguel Horta, Ana Sofia Paiva, Carlos Marques, Sofia Maul.

116 p., il.; 16 X 22,5 cm

ISBN 978-65-86881-81-3

1. Conto. 2. Literatura portuguesa. 3. Tradição oral. I. Prieto, Benita (Organizadora). II. Serafim, Jorge. III. Fontinha, António. IV. Serra, Elsa. V. Paulino, Sofia (Ilustradora). VI. Título.

CDD P869.93

Ficha catalográfica elaborada por Janaína Ramos – CRB-8/9166
Índice para catálogo sistemático: I. Conto: Literatura portuguesa

aletria

Praça Comendador Negrão de Lima, 30 D – Floresta
CEP 31015 310 – Belo Horizonte – MG | Brasil
Tel: +55 31 3296 7903

www.aletria.com.br

ouvado,
ado

vitória, vitória, acabou-se a história

bendito e louvado, o conto está acabado

vitória, vitória,

bendito e louvado,
este conto está contado

hegado
onto contado